# Viaje al mundo subterráneo

Ludvig Holberg

Título original: *Nicolai Klimii iter Subterraneum*
Edición, traducción y notas: Carlos Castillo
Maquetación y diseño de portada: Vanesa Diestre

Impreso en España / *Printed in Spain*
ISBN: 978-84-15215-46-2
Depósito legal: B 4968-2019

# Viaje al mundo subterráneo

## Ludvig Holberg

# Prefacio
## Breve noticia sobre Ludvig Holberg

El autor de este libro, escrito en latín en 1740 y publicado en 1741, tiene una áspera personalidad humana. Como un hombre del siglo XVI es erudito y humanista; teólogo, poeta burlesco, también escribe tratados de filosofía histórica, donde estudia las leyes que regulan la continuidad de los acontecimientos. Audaz jurista establece los fundamentos de un Derecho internacional estricto. Y, por si todo esto fuera poco, obsequia, además, a los daneses con un teatro nacional cuya influencia alcanza a todas las comarcas del Norte. Cuando ya su cuerpo no le obedece y se ve obligado a desoír la llamada de la aventura, el hombre, ávido de conocer todos los países y de experimentar todos los encantos, intenta consolar su corazón escribiendo un viaje imaginario[1] cuyo universal éxito comparten por igual la admiración y el escándalo.

Ludvig Holberg, el principal creador de la literatura danesa, nació en Bergen el 3 de diciembre de 1684. Su bisabuelo materno era el obispo de Bergen, Ludvig Munthe. Huérfano de padre, del cual heredó la temeridad, así como de su madre la burguesa discreción, cuando apenas tenía un año de edad, fue educado por su madre en el seno de una familia que contaba con grandes burgueses y altos dignatarios eclesiásticos. Primero fue llevado a una escuela alemana y después a una latina; alternó ambas con sus juegos con los chiquillos de la calle, de quienes aprendió pintorescas y picarescas expresiones, que más tarde impregnaron de un realismo asombroso sus obras de teatro.

A los doce años se quedó también sin su madre, y entonces fue cuando le llevaron a la escuela latina que

---

1 Las composiciones del género llamado «odisea filosófica o utópica» se multiplicaron en Europa desde el siglo XVI como consecuencia de los grandes descubrimientos. En falsos diarios de viaje, los espíritus libres narraban los acontecimientos de una estancia en imaginada comarca. Ello les permitía criticar cuanto no les agradaba de la vida real. En el siglo XVIII este género literario, sucesivamente ilustrado por grandes nombres de letras, llegó a hacerse fastidioso por culpa de la excesiva concurrencia de utopistas sin talento. Holberg consiguió variaciones en el mismo tema acudiendo a sus recuerdos de infancia, singularmente. A eso le ayudó el folklore noruego, que, como todos los germánicos, narra las aventuras del pueblecito industrioso y familiar que habita las profundidades de la tierra, y si aparece alguna vez es para ayudar a los hombres.

modificaría sus maneras y le enseñaría a cantar con unción los corales, como futuro candidato a la función pastoral. El rector de la escuela, Sven Lintrup, eminente representante de la escolástica luterana, le hizo aborrecer todo lo que personificaba. Aparecía ante el joven Holberg como el más perfecto representante de la pedantería, y por eso se sublevó contra sus métodos que pretendían reducir la actividad de la inteligencia a juegos de vana dialéctica. No obstante, reconoció su valor como puro ejercicio, ya que el haberse visto obligado a tomar parte en los debates que presidía Sven Lintrup, disertando sobre la gracia y la predestinación, le facultaron para la rápida respuesta y el dominio desdeñoso del adversario.

Bergen, ciudad de madera, fue arrasada por un incendio en 1702 su total destrucción significó para Holberg un fecundo desastre. Emigró a Copenhague y allí trabajó como preceptor privado, a la vez que como adjunto del pastor de un pueblecillo. Se manifestó riguroso con los niños y afable con los campesinos adultos, a quienes adoctrinaba. Mantenía pendiente de sus labios a toda aquella gente, pues no en balde les hablaba en su propia lengua gracias a sus prácticas con los galopines de Bergen. Coronaba, además, sus discursos con rústicos apólogos, cuidando de no ocupar la atención de sus oyentes con más de un cuarto de hora de cátedra. Nada de todo aquello, sin embargo, agradó al pastor a quien servía, que le gratificó y le despidió... Vuelto a Copenhague reanudó sus estudios filosóficos y teológicos. Con más atención que a los Padres de la Reforma, se dedicó al estudio de las lenguas modernas. Hizo amistad con un viejo cura de la iglesia francesa de Copenhague, que le inspiró el deseo de conocer Francia.

Entretanto, su familia materna, orgullosa de sus éxitos universitarios, insistió en que fijara su paso adhiriéndolo al séquito de Peter Smidius, lector teológico y viceobispo de Bergen. Holberg aceptó y cumplió celosamente sus funciones de secretario particular, pasándose en la biblioteca todas sus horas de recreo. Acallaba su inquietud a fuerza de lecturas. Mas he aquí que Smidius había ido consignando por escrito la relación de sus viajes por el mundo, y que un día Holberg descubre semejante manuscrito.

Detengámonos un minuto para evocar al padre de nuestro autor, cuya sombra debió de ser la que guiara la mano descubridora del hijo: Christen Nielsen Holberg fue un robusto campesino noruego que militó como suboficial en el regimiento de infantería de Trondjen, poniéndose después al servicio de la República de Venecia y recorriendo a pie toda Italia. Valientemente se batió contra los suecos y murió siendo teniente coronel, dejando tras sí una reputación casi legendaria. Se comprende, pues, que al ver en manos de su descendiente los amarillentos rollos de papeles escritos por Smidius, le soplara en su oído el afán del viaje...

Y Holberg parte en un barco que se dirige a Holanda, en donde vive mal y enfermo; cuando regresa a Noruega, dando tumbos, tiene veinte años. Solo piensa en una cosa: huir de su tierra natal. Para lograrlo se establece en Cristianía (Oslo) y da lecciones de francés con fines ahorrativos. Un día encuentra a un joven de su edad, Brix, que se prepara para efectuar un viaje de estudios a Inglaterra. Se une a él y le persuade de que con el dinero que tiene habrá suficiente para los dos. Nuevamente atraviesa el mar para vivir en Londres, famélicamente por cierto, ya que el dinero de Brix tarda en llegar y, cuando llega, dura muy poco.

Luego Holberg se dirige a Oxford, pero como no es anglicano no puede matricularse en la Universidad; se las arregla para hacerse el favorito de los estudiantes, a los que da lecciones de música. Lee apasionadamente a los historiadores modernos; el estudio de los fi-

lósofos ingleses le desembaraza de sus prejuicios gó-
ticos; revisa los artículos de su credo y los reemplaza
por los de una confesión de fe deísta, sin obligaciones
ni sanciones. Permanece en Oxford quince meses solamente. De repente, la prudencia materna exorciza
al demonio paterno, y Holberg regrésa a Copenhague
dispuesto a intentar la obtención de una carrera uni-
versitaria ya que ha resuelto no ser sacerdote.

Aunque no se preocupa de sacarle fruto a su noto-
riedad, la verdad es que tiene asombrados a los sabios con su *Introducción a la Historia General de Europa*.
Lo único que le gusta es viajar, y como surge la oportunidad de ir a Alemania acompañando al hijo de un
noble danés, se va; mas lo abandona pronto, para va-
gabundear a su antojo. La grotesca estupidez de los
profesores alemanes le descorazona hasta el punto de
que regresa con alegría a su patria. En ella aumenta su
fama publicando un *Tratado del derecho de la naturaleza
y las gentes*. Entonces se le nombra profesor extraordinario de la universidad de Copenhague; cuenta en ese
preciso momento treinta años.

Las conferencias que pronuncia en su cátedra se consideran escandalosas, y solicita una bolsa de viaje que
se le otorga a condición de que visite las universidades
protestantes. En 1714 llega a París, en donde está prohi-

bido el ejercicio de la religión reformada, y se empeña en vivir en el Barrio Latino, que le entusiasma. El agua que beben los indígenas, inmunizados ya, es un veneno para los extranjeros del *faubourg* Saint-Germain; ¡fe de ello pudo dar el infeliz Holberg que se pasa un mes entero con las entrañas deshechas! Apenas repuesto recorre las calles de París, frecuenta los teatros, contempla los jardines, asiste a las audiencias del palacio de justicia, pero jamás intenta introducirse en la sociedad parisina. Solamente cambia impresiones con los eruditos, teólogos y, sobre todo, la compañía que busca es la de sus viejos amigos los libros. Acude a la solitaria biblioteca de Saint-Victor, se interesa por los hombres que prepararon el advenimiento de la filosofía de las luces: Montaigne, Charron, La Mothe le Vayer, Fontenelle... Sin dificultad los concilia con los deístas ingleses y no se priva de sazonar sus lecciones, pérfidamente elegantes, con una pulgarada de gruesa sal danesa.

La impaciencia habitual en él, nuevamente le arrastra. Abandona las bibliotecas, los teatros y las conferencias de San Sulpicio para correr tras las huellas de su padre. Baja a Marsella por Auxerre, Chalon-sur-Saone, Aviñón, alcanza Génova, se embarca y llega a Roma, donde vive una temporada; retorna a París por Turín, haciendo a pie la mayor parte de las etapas, ya que, por herencia paterna, es buen andarín.

Cuando regresa a Copenhague obtiene una cátedra de Metafísica, que está lejos de parecerle útil. Para distraerse rima poemas satíricos. Gracias a su actividad literaria sin ejemplo, crea y nutre con su solo genio el Teatro nacional danés. Aquí surge un nuevo dolor. Aunque dispone de altas protecciones, no consigue sacudir la inercia de sus compatriotas y sí ve, en cambio, levantarse contra él toda una coalición de mundanos y devotos. Este semifracaso ante el público teatral le colma de rencor. Desde 1720 se encarga de los cursos de elocuencia, tema más de acuerdo con su temperamento que la metafísica. ¡Y sueña otra vez con huir de todo! Habiéndose inspirado tanto en Moliere, ¿no encontraría en Francia la consagración que le rehúsa Dinamarca?

Tiene cuarenta años cuando reaparece en París 1726. Liberado de toda juvenil timidez, entra en relación con la Motte, Fontenelle y el asombroso Père Castel, que estudia la correspondencia de los colores, y los sonidos, y se propone construir un «clavecín ocular». Acierta a situarse en la intimidad del actor Riccoboni y le arranca la promesa de llevar a escena su *Potier d'étain politique*. Pero las autoridades prohíben la representación, temerosas de que ciertos *parvenus* descubran en ella alusiones a su demasiada rápida fortuna.

La sabiduría le aconseja que se entregue a la tarea de convertirse en uno de los mejores historiadores de su tiempo. En 1730 ocupa la cátedra de historia en la universidad de Copenhague, de la cual llega a rector en 1735, y tesorero en 1737. Siempre perseguido por los beatos, detesta a los hombres y se complace, él que considera el amor como una tontería, en la conversación de las mujeres.

Por fin, un poco del brillo europeo de su obra comienza a alcanzar a Dinamarca. Holberg no se regocija con el crecimiento de su prestigio, sino que se entretiene en administrar sus bienes. Un día, el favor real le nombra barón. ¡Todo llega demasiado tarde! Holberg muere en plena resignación sarcástica el día 17 de enero de 1754, a los setenta años.

Antes dispuso de sus riquezas en favor de una fundación para muchachos pobres.

C. C.

# Viaje al mundo subterráneo

Ilustración de la edición alemana (1828)

# I

## DESCENSO AL MUNDO SUBTERRÁNEO Y LLEGADA AL PLANETA DE NAZAR
### EL AUTOR CUENTA CÓMO DESCENDIÓ A LOS ABISMOS

En 1664 acababa yo de capacitarme en la universidad de Copenhague en las facultades de Filosofía y Teología, y aunque provisto de ventajosos testimonios, mi bolsa estaba exhausta. Me dispuse a regresar a mi ciudad natal, Bergen, en un navío que se hacía a la vela con aquel rumbo y que tardó en coronarlo seis días de dichosa navegación. Si bien es cierto que volví a mi tierra más sabio que me fui, la verdad es que no lo hice más rico; esto me obligó a vivir a costa de parientes y amigos que quisieron ayudarme en aquel tiempo de mi vida, si precaria, no ociosa ni perezosa, ya que queriéndome significar en el estudio de la física —en la cual estaba ya iniciado— me dediqué a recorrer con atención todos los rincones de mi provincia. Registré ávidamente las entrañas de su tierra, de sus montañas, para apreciar sus distintas calidades. La verdad es que lo escudriñaba todo por si encontraba algo digno de la curiosidad del físico; Noruega contiene algunas rarezas que si se hallaran en otros países serían mejor estimadas.

Lo que me pareció más digno de interés fue una caverna en lo alto de una montaña que los indígenas llaman *Flöjen*. Constantemente exhala la boca de aquella caverna un airecillo no desagradable; ¡parece que suspira, aspirando y espirando el aire! Aquel fenómeno había excitado ya la curiosidad de muchos personajes, que en la imposibilidad de ir ellos mismos —eran viejos y achacosos— a comprobarlo, acuciaban a sus compatriotas para que sondearan la caverna y estudiaran las vicisitudes de aquel soplo tan parecido al aliento de un hombre que respirara con dificultad.

Cuando decidí descender a la caverna y confié mi

propósito a mis amigos, éstos, en lugar de animarme, me llamaron extravagante y desesperado; sus reproches no enfriaron mi resolución. Tanto el afán de hacer nuevos descubrimientos en la naturaleza, como el pésimo estado de mis asuntos económicos, me aguijoneaban para afrontar los mayores peligros. ¡La miseria se ensañaba conmigo, y me era muy duro comer el pan de otro en el seno de mi patria, sin esperanzas de mejoría! Bien valía la pena correr un riesgo que acaso hiciera mi nombre célebre, si es que tenía la suerte de acertar con algo que lo consiguiera.

Con un tiempo puro y tranquilo salí de mi ciudad un jueves por la mañana, pensando en regresar al anochecer. Me engañé en mis cálculos, ya que tardé diez años en volver a ver a mi patria y a mis amigos. Comenzó mi expedición en el año 1665, siendo burgomaestres y senadores de Bergen Hans Munthe, Lars Sörensen, Christen Bertelsen y Lars Sand.

Venían conmigo cuatro hombres, pagados, que me llevaban las cuerdas y los garfios que necesitaría para mi descenso. Por Sandvik se sube más fácilmente a la montaña, y ya en la cima nos acercamos al lugar donde se abría el fatal antro. Como estábamos fatigados por el camino recorrido, reposamos, a fin de reparar nuestros estómagos con el almuerzo que traíamos preparado. Mi corazón palpitaba como si me predijera una desgracia. Pregunté a mis compañeros si alguno de ellos querría ser el primero que entrara a la caverna, y, como ninguno me contestó, sentí vergüenza de mi debilidad. Hice un esfuerzo y ordené que me prepararan la cuerda, recomendando mi alma a Dios. Mis instrucciones fueron que aflojaran la cuerda hasta que yo gritase, que se detuvieran entonces, y que si yo volvía a gritar, que me subieran rápidamente. Cogí un garfio que me pareció útil para rechazar los obstáculos que se opusieran a mi descenso, y que me serviría también para mantenerme alejado de los costados de la cueva. Pero, apenas descendí unos diez o quince codos se rompió la cuerda. Semejante desgracia la supe por los clamores y gritos de mi gente, que no oía bien, ya que descendía con asombrosa velocidad.

Debí volar un cuarto de hora a través de la espesa oscuridad. Por fin percibí una pequeña claridad, como de amanecer; aumentó la luz y pronto descubrí un cielo puro y sin nubes. Fui tan loco como para suponer que aquello era el efecto de la repercusión del aire subterráneo, o que la violencia de un viento contrario me había rechazado y la caverna me devolvía como uno de sus soplos... Sin embargo, no reconocía el sol, ni el cielo, ni los astros que veía... Todos me parecían más pequeños que los nuestros. Llegué a la conclusión de que lo que veían mis ojos solo existía en mi extraviado cerebro, como efecto de mi turbada imaginación. O quizá había perdido la vida y me encontraba en la región de los bienaventurados. Este último pensamiento me hizo reír, pues me veía armado, de garfio y arrastrando un pedazo de cuerda semejante a una cola, y bien se me alcanzaba que no se iba al Paraíso con semejante atuendo. Por fin comprendí que me encontraba en un mundo subterráneo, y que los que creen que la tierra es cóncava y encierra en su corteza un mundo más chico que el nuestro, no se equivocan.

Entretanto disminuía la violencia de la sacudida que me lanzó abajo, a medida que me aproximaba a un planeta, o cuerpo celeste, que se ofrecía el primero en mi camino. Pronto lo vi tan grande que distinguí fácilmente la atmósfera que lo rodeaba, sus montañas, mares y valles.

Súbitamente, mi vuelo o mi natación en los aires se interrumpió, la carrera que hasta entonces había sido perpendicular se hizo circular. Mis cabellos se erizaron, pues me creí perdido irremisiblemente, transformado en planeta o en satélite de aquel a quien me acercaba, y obligado a girar eternamente alrededor suyo. Realmente aquella metamorfosis no menguaba mi dignidad, reflexioné, pues tanto importaba ser un cuerpo celeste como un filósofo muerto de hambre. Mi valor aumentó al comprobar que, gracias al aire puro en que me movía, no sentía ni hambre ni sed. Al recordar que guardaba en mis bolsillos unos panecillos ovalados de los que llaman *bolken* en Bergen, extraje uno para comérmelo, si lo encontraba de mi gusto; pero, apenas lo mordí, comprendí que todo alimento terreno solamente serviría para provocarme vómitos. Tiré mi pan como cosa inútil, y, ¡oh prodigio! Apenas salió de mi mano el panecillo cuando se quedó suspendido en el aire y comenzó a describir un círculo alrededor de mí.

Mi orgullo se infló a la vista de aquel pan que me contorneaba. Hasta entonces yo había sido juguete de la adversa fortuna, y ¡héteme ahora convertido no en planeta subalterno, sino en planeta al que un satélite debía escoltar y que podía ser contado entre los mayores astros o planetas de primer orden! Confieso mi debilidad: tal idea llenó de tanta vanidad mi espíritu, que si hubiera encontrado en ese momento a los burgomaestres de Bergen les hubiera mirado con desdén, como átomos que no merecían mi saludo.

Debí de estar girando unos tres días en semejante situación. En el planeta que tenía cerca distinguía perfectamente los días y las noches, viendo al sol subterráneo levantarse y ponerse desapareciendo ante mis ojos. Entre aquellas noches y las nuestras existía gran diferencia, pues después de la puesta del sol, aquel firmamento permanecía iluminado, con un brillo semejante al de la luna: Esto me hizo sospechar que el lugar en donde yo me hallaba era la superficie del firmamento más próxima de la región subterránea, o el hemisferio de dicha región, puesto que la luz que yo veía era la tomada del sol, situado en el centro de este globo. Me forjé la hipótesis como hombre al que no le era ajeno el estudio de la astronomía.

Mi felicidad rayaba en la de los dioses, viéndome ya como un astro importante al que los astrónomos del vecino planeta situarían, con el satélite que me acompañaba, en su catálogo de estrellas, cuando apareció ante mis ojos un enorme monstruo alado que empezó a perseguirme de izquierda a derecha y por encima de mi cabeza. En el primer momento pensé que se trataría de uno de los doce signos del cielo subterráneo, y hasta llegué a imaginarme que si fuera Virgo intentaría atraerme su ayuda en la soledad que me rodeaba. ¡La verdad es que aquel era el único, entre los doce signos, que pudiera serme grato! Pero cuando aquel cuerpo se me aproximó, lo que yo vi fue un grifón horroroso y cruel, que me causó un miedo mortal. En mi primer momento de turbación, olvidándome de mi dignidad propia y astral, metí la mano en el bolsillo para sacar mi diploma académico que casualmente llevaba encima, y que enseñé a mi enemigo para demostrarle que había sufrido los exámenes de la Universidad, que era estudiante, más aún, bachiller, y que me hallaba en condiciones de vencer a mis adversarios en una disputa. Apenas se me disipó aquel transporte, me reí de mi extravagancia.

¿Qué designio traía el grifón, siguiéndome tan de cerca? ¿Lo hacía como amigo, como enemigo, o atraído por la novedad de mi figura venía sencillamente a contemplarme? Bien podía admitirse esto último, ya que la visión de un cuerpo humano girando en el aire con un garfio en la mano y una larga cuerda a guisa de cola podía excitar perfectamente la curiosidad de un bruto. Aunque, como supe después, semejante apariencia mía dio materia para discursos y conjeturas a los habitantes del globo entorno del cual giraba yo. Filósofos y matemáticos tomaron la cuerda que yo arrastraba por la cola del cometa. ¡Hasta hubo quien me vio como extraordinario meteoro que presagiaba alguna desgracia, como peste o hambre! Otros fueron más allá y dibujaron mi figura tal y como apareció a lo lejos... De modo que fui descrito, definido, pintado y hasta grabado al aguafuerte por los habitantes de aquel globo, antes de abordarlo: Todo esto lo supe después, y me divirtió mucho cuando, habitando dicho globo, aprendí la lengua subterránea. No estará de más advertir que a veces aparecen allí inesperados astros a los cuales llaman *sciscisi* los subterráneos, es decir, *cabelludos*, y de los que dan horribles descripciones; dicen que los cabellos de tales astros tienen el color de la sangre, y están erizados como crines parecidas a largas barbas. A semejanza nuestra los sitúan en el rango de prodigios celestes.

Pero, volviendo a mi tema: el grifón de que hablaba se me acercó tanto al fin, que llegó a molestarme con el batir de sus alas. La cosa empeoró cuando le vi dispuesto a devorarme una pierna. ¡Ah! ¡Conque aquél era su designio! De la necesidad saqué virtud, y comencé a defenderme del furioso bicho empuñando con ambas manos mi garfio, que un poco contuvo la audacia del enemigo obligándolo a batirse en retirada. Pronto, empero, volvió a atacarme, sin que ninguno de los dos golpes que le asesté consiguieran reducirle. Entonces le hinqué con tal precisión el garfio, que habiéndole alcanzado el lomo, entre las alas, no pude arrancarlo de donde lo clavé. Así herido el monstruo, dio un terrible alarido y se precipitó al globo del que tanto hablé ya. Para mí, molesto con mi dignidad astral que a tantos peligros veía expuesta, nuevamente tornóse circular el movimiento. Pasé con rapidez a través de un aire más denso y cuyo ruido y agitación me aturdieron. Por fin, y sin causarme el menor daño, caí sobre el globo juntamente con el pájaro, que murió pocas horas después de ser herido.

Pude juzgar que era de noche, al llegar a aquel planeta, por la ausencia del sol; no por las tinieblas, ya que estaba todo tan claro que podía leer cómodamente mi diploma académico... Semejante claridad nocturna procede de un firmamento que es el revés de la superficie terrestre, cuyo hemisferio ofrece una luz semejante a la que la luna nos brinda a nosotros. Por esto es por lo que en el citado globo las noches difieren muy poco de los días, salvo en que la ausencia del sol hace más frío el ambiente.

Acostado al aire libre en espera de los acontecimientos que me deparara la vuelta del sol, sentí que volvían mis viejos achaques, el hambre y la sed. Lamenté haberme desprendido tan ligeramente de mi pan. La fatiga y las mil preocupaciones me durmieron profundamente, y haría solo un par de horas que roncaba cuando se vio turbado mi reposo por un bramido feroz que espantó al agradable sueño que me arrullaba. ¿Es que había regresado ya a Noruega y estaba contándoles mis aventuras a mis paisanos? ¿O es que me hallaba en la iglesia de Fanoë, cerca de Bergen, oyendo cantar al diácono Niels Andersen, cuya lastimera voz torturaba, como de costumbre, mis pobres oídos? Me desperté sobresaltado, convencido de una de las dos cosas, y hallé, no lejos de mí, un toro. ¡Él era el autor de mi despertar! Tímidamente giré la mirada, y el sol, recién brotado, me descubrió fértiles campos cubiertos de verdor. También vi árboles; pero, ¡oh asombro! se movían aunque no se notaba el más ligero soplo de viento capaz de agitar una pluma. En el instante en que yo admiraba tal prodigio, el toro se arrancó hacia mí impetuosamente. Me espanté, y al buscar dónde huir advertí cerca de mí un árbol, al cual estimé muy indicado para ampararme de la furia del animal. Me acerqué, lo abracé y comencé a escalarlo... ¡Cuál fue mi sorpresa cuando le oí producir acentos tan penetrantes y agudos como de los de una mujer colérica! Con tanta fuerza me rechazó aquel árbol, que caí aturdido, creyendo haber sido alcanzado por un rayo. Me dispuse a entregar mi alma, pero escuché murmullos y sordos ruidos por todas partes, parecidos a los que se producen en los mercados o en la bolsa cuando se venden valores. Repuesto de mi aturdimiento contemplé un bosque animado, pues el campo en que me encontraba estaba repleto de árboles, y arbolillos. ¿Dormía yo todavía, o era presa de espectros y malignos espíritus? No tuve tiempo para reflexionar mucho, ya que otro árbol corrió hacia mí, bajó una de sus ramas —al extremo de la cual seis sarmientos le servían de dedos— y me levantó en el aire gritando con todas sus fuerzas. Le seguía gran número de árboles de diferentes especies, que emitían sonidos y acentos realmente articulados pero extraños a mi oído. Solo pude retener unas palabras: *Pikel Emi*, que se repetían. Acabé comprendiendo que significaban una especie de mono extraordinario. Todos me juzgaban un poco diferente de los titís de larga cola que se criaban en su comarca; algunos me tomaron por un habitante del cielo, traído a tierra por el grifón; lo cual, si prestamos fe a los anales del país, había ocurrido en otras ocasiones.

Todo esto no lo supe yo hasta meses después, cuando aprendí la lengua subterránea. En el estado en que me encontraba ahora, apenas si me creía en el mundo y era incapaz de razonar acerca de los árboles parlantes y animados. Lo único que lograba entender, por las voces que oía, es que los árboles estaban indignados contra mí. Tengo que darle la razón al árbol al cual yo intenté subirme huyendo del toro: era la mujer del intendente de la cercana villa. Si en lugar de ser una dama de su categoría hubiera sido una vulgar mujer, mi crimen hubiese sido menos grave; ¡pero querer violar en público a una matrona de su alcurnia, no era moco de pavo en una nación que se preciaba de modesta y pudorosa!

Fui conducido prisionero a una ciudad de magníficos edificios, ordenadas y simétricas calles, rodeada de un delicioso campo. Las calles estaban llenas de árboles ambulantes que se saludaban al encontrarse; el saludo se efectuaba bajando las ramas. Al pasar nosotros ante una hermosa casa, salió de ella, casualmente, un roble: todos los árboles que me conducían retrocedieron respetuosamente. Se trataba nada menos que del intendente de la villa, el mismo de quien se decía que yo quise violar la esposa. Me llevaron a casa de este magistrado, cerrando tras mí las puertas; lo que me hizo temer un futuro de galeote. Y mi temor se redobló a la vista de los tres guardias que se paseaban delante del hotel, en calidad de centinelas; iban armados con seis hachas, según el número de sus ramas. tantas ramas, tantos brazos, tantos sarmientos, tantos dedos. Las cabezas estaban emplazadas en lo alto de los troncos, pareciéndose bastante a las de los hombres. En lugar de raíces tenían dos pies extremadamente cortos, causa de que los habitantes de este planeta caminaran a paso de tortuga. Pensé que si hubiera estado libre les habría desafiado a atraparme; ¡tanta diferencia existía entre sus pies y los míos!

Aquellos árboles (a los que consideré dotados de razón) no igualaban en su altura a los nuestros, e incluso no sobrepasaban la talla corriente de los hombres. Los que vi más pequeños y juzgué que eran niños, aunque se les hubiera podido tomar por flores o plantas. Aunque me parecieron sociables, gracias al beneficio de la palabra de que gozaban los citados árboles, ¡cuánta nostalgia sentí de mi patria, y qué laberinto de pensamientos me torturó! Agitado por ellos dejé que mis ojos vertieran arroyos de lágrimas, entregándome como una mujer al dolor, mientras los arqueros que me guardaban entraron en la habitación en que se me retenía. Los tomé por lictores a causa de sus hachas; me hicieron signos de que les siguiera y me condujeron por la ciudad hasta una gran casa elevada en el centro de una plaza. Hubo un momento en que, paseando por las calles, me creí revestido de dignidad dictatorial por encima de la de un cónsul romano, ya que los cónsules de Roma no iban acompañados más que de doce hachas y a mí me llevaban dieciocho.

Sobré la puerta de la casa adonde fui conducido aparecía en bajorrelieve la figura de la justicia, sosteniendo en la mano —mejor dicho, en la rama— una balanza. La vista de aquel emblema me hizo comprender que estaba ante el palacio del Senado, cuyas puertas se abrieron para que yo llegara hasta la sala de audiencia, pavimentada con brillantes mosaicos de mármol. Al extremo de la sala vi un árbol colocado sobre un trono dorado, como en un tribunal. Era el presidente. Tenía a su derecha seis asesores, y otros tantos a su izquierda. Según su rango, ocupaban los lugares. El presidente de la asamblea era una palmera de mediana talla, que sobresalía de los otros jueces por la variedad y colorido de sus hojas. Se alineaban a sus costados veinticuatro ujieres provistos de seis hachas cada uno. Me horroricé al verlos y supuse que aquella nación era muy sanguinaria. No obstante, al entrar yo se levantaron todos aquellos jueces, extendiendo sus ramas hacia lo alto. Luego de tal ceremonia recuperaron su sitio. En cuanto a mí, permanecí en el banquillo entre dos árboles que cubrían sus troncos con pieles de cordero. Eran los abogados. Antes de su actuación, el presidente se cubrió la cabeza con un velo negro.

Por tres veces repitió el acusador su corto alegato, contestándole brevemente también el defensor. Siguió un silencio de media hora, al cabo del cual se levantó el presidente quitándose el velo que lo cubría;

extendió sus ramas al cielo y pronunció con dignidad ciertas palabras que consideré como mi sentencia. Fui devuelto a mi antigua prisión, de la que esperé que me sacaran para entregarme al verdugo. Mientras llegaba, me dediqué a reconstruir todo lo que me había ocurrido, riéndome de la locura de la nación donde me hallaba. Sus jueces me parecían de pantomima, histriones mejor que magistrados; sus gestos, sus vestimentas, su manera de actuar era más propia del teatro que de un tribunal de Justicia. ¡Cuán superior consideraba a nuestro mundo y cómo sobrevaloraba yo a los europeos sobre los demás hombres! Pero, aunque desdeñaba la estupidez y locura del pueblo subterráneo reconocía que debía colocarlos por encima de los brutos; a ello me obligaba el esplendor de su ciudad, la armonía de sus casas, que indicaban que aquellos árboles no carecían de razón, no ignoraban las artes ni la mecánica. Empero no les reconocía educación ni cortesía, estando convencido de que entre ellos no encontraría la virtud.

A la mitad de mis reflexiones llegó un árbol con una jeringuilla en la mano. Se acercó a mí, me desabrochó el pecho, dejándome al descubierto un costado, del que cogió el brazo, lo pinchó, lo sangró, y, cuando me hubo extraído la sangre que quiso, me vendó aquel brazo con una atención a la que se mezclaba la admiración. Y se fue.

Esta nueva aventura me afianzó en la idea que sustentaba acerca de la extravagancia de aquella nación, idea que no deseché hasta que aprendí la lengua del país, cambiándose entonces en asombro y admiración. Porque veréis cómo fue explicado todo esto después

Al encontrarse conmigo, me creyeron un habitante del Firmamento que pretendió violar a una matrona de la aristocracia. Por tal suposición me llevaron como un criminal a la audiencia. Uno de los abogados exageró mi falta, solicitando el castigo más riguroso. El otro me defendió y solicitó el aplazamiento del suplicio hasta que se averiguara quién era, de dónde era, y si era bruto o animal razonable. La elevación de las ramas significaba un acto religioso por medio del cual los jueces se comprometían a pronunciarse con justicia entre ambos abogados. Éstos se cubrían con piel de cordero para tener presente la inocencia e integridad que debía presidir sus funciones. Y, en efecto, no hay gentes tan de bien ni tan integras; lo cual demuestra que se pueden encontrar en un estado bien civilizado, abogados con buenos sentimientos y probidad. En el país de que hablo, las leyes son severas para los prevaricadores: ni subterfugios ni escapatorias les ponen al abrigo de sus rigores. Nada de asilo, nada de intriga para salvar a los que fueron condenados; ni nadie que solicite favor para los pérfidos. Se repiten tres veces las mismas palabras en esta nación, a causa de la natural lentitud que para percibir las cosas la distingue de otros pueblos. Hay allí poca gente que comprenda enseguida lo qué ha leído o escuchado una sola vez. Los que poseen viva comprensión son considerados como incapaces de juzgar procesos, y raramente son elevados a empleos de cierta importancia. Se ha comprobado que el estado corrió peligro tantas veces como fue administrado por personas de las que se suele llamar geniales. Aquellos a quienes el vulgo llama «tontos» repararon siempre el mal que los listos ocasionaron. Todo esto parece paradójico, lo sé, pero si en ello se piensa seriamente acabará por no encontrarse tan absurdo como a primera vista parece.

Me contaron la historia de una mujer que llegó a ejercer el cargo de presidente. Era tan inteligente, que fue elevada por el príncipe a la dignidad de *kaki*, es decir, juez supremo de la ciudad de la que ella era hija. Es costumbre de esta nación no hacer diferencia de sexos en relación con los cargos del Estado, no considerando más que el mérito personal al conferirlos. A fin de poder juzgar de las calidades de un espíritu y conocer la disposición de cada uno, existen seminarios cuyos directores se llaman *karattes*, que significa examinadores o escrutadores. Su misión es la de sondear y examinar el natural y las cualidades de los jóvenes, para escoger entre ellos a los más aptos para desempeñar cargos públicos, enviando al príncipe una lista general de los diferentes talentos que representan utilidad para su patria. El príncipe inscribe en un libro los nombres de los candidatos, para tenerlos presentes y situarlos en los cargos que queden libres.

La joven a que me refiero mereció durante cuatro años el ventajoso certificado de los *karattes*; lo tuvo en cuenta el príncipe y la nombró presidente del Senado de la Villa, donde ella naciera. Es uso sagrado e inmutable entre los potuanos (que tal es el nombre de aquel pueblo el de ser empleado en la ciudad donde se ha nacido, pues se supone que se le tiene más afecto. Palmka, que así se llamaba la joven, ejerció su cargo con mucha gloria durante tres años, siendo estimada como el árbol más sabio de la villa. Tan tardía era de comprensión, que necesitaba tres o cuatro repeticiones; pero así que aprehendía algo, conocía todos los pros y los contras. Como se pronunciaba tan juiciosamente en los asuntos más espinosos, todas sus decisiones se miraban como oráculos.

Considerando tales cosas encontraba yo muy ejemplar el establecimiento en favor del bello sexo, y pensaba: ¿Qué mal habría, por ejemplo, en que la mujer del burgomaestre de Bergen conociera las causas y pronunciara las sentencias? Y si la hija del abogado Severib, tan escaso de saber y de elocuencia, ocupara el lugar de su estúpido padre? No, nada de eso aportaría ningún perjuicio a nuestra jurisprudencia; y considerando la precipitación con que se verifican los procesos entre nosotros los europeos, supuse que semejantes sentencias, precoces y ligeras, estarían sujetas a terribles censuras si se examinarán con atención. Pero, volviendo a lo anterior, he aquí lo que supe con respecto a la flebomotomía que sufrí.

Cuando un criminal merece el castigo, la tortura o la muerte en este pueblo, se le abre una vena antes de ejecutarlo, para ver si ha obrado por malicia o por disposición de la sangre y de los humores del cuerpo, por si por medio de esta operación hay medio de convertirlo en hombre de bien. Esto enseña que los tribunales de aquel país se han establecido más para corregir que para atormentar a las gentes. Lo de corregir por la sangría constituye una especie de castigo, pues se considera infamante sufrir la operación por sentencia jurídica; y si los que ya han sufrido dicha operación reinciden, se les relega entonces al Firmamento, donde son recibidos todos sin distinción. Más tarde hablaré de tal exilio y de su naturaleza. En cuanto al asombro del cirujano que me sangró, esta es la causa: que no había visto jamás sangre roja, pues los habitantes de este globo tienen en sus venas un jugo blanco; a mayor blancura, mayor pureza de costumbres. Supe todo ello cuando conocí la lengua subterránea, inclinándome a juzgar mejor a la nación que condené temerariamente con anterioridad.

Bien es verdad que aunque al principio tomé por locos y extravagantes a aquellos árboles, nunca les consideré desprovistos de sentimientos humanitarios que pusieran en peligro mi vida. A considerarlo así me ayudaba el ver que me daban de comer regularmente dos veces por día; los platos consistían en frutos, hierbas y legumbres; la bebida era un licor dulce y agradable.

El magistrado bajo cuya vigilancia me hallaba participó muy pronto al príncipe de la nación, que tenía su residencia en una villa poco distante, que había caído en su poder, casualmente, un animal razonable, pero de forma especial; por lo cuál, el príncipe, excitado ante la novedad del caso, ordenó se me hiciera aprender la lengua del país para que se me enviara enseguida a la corte. Entonces se me puso un profesor del idioma, cuyas enseñanzas supe aprovechar en seis meses y que me bastaron para estar en condiciones de conversar con los habitantes. Apenas lo conseguí cuando llegó una segunda orden referente a mi ulterior acomodo. En virtud de aquella orden fui llevado al seminario a fin de que los *karattes* pudiesen examinar y escrutar la potencia de mi genio, observando cuidadosamente el género de profesión en que podría yo rendir más y distinguirme. Todo se efectuó al pie de la letra, y fui cuidado corporal y espiritualmente durante el curso de la prueba, que tuvo como objeto principal el de darme —en cuanto fuera posible— la forma de un árbol por medio de ramas postizas agregadas a mi cuerpo.

Seguí yendo todas las tardes a casa de mi huésped, que por su parte me adiestraba por medio de discursos y problemas a resolver. Especialmente se complacía en hacerme contarle las vicisitudes sufridas en mi viaje a la región subterránea, y lo que más le maravillaba era la descripción de nuestro mundo, de la inmensa extensión de cielo que lo rodeaba y de la enorme cantidad de estrellas que poblaban ese cielo. Su avidez en escucharme era máxima enrojeciendo un poco cuando yo le hablaba nuestros árboles, que le describía inanimados, inmóviles, apegados a la tierra por sus ratees... Entonces no podía impedir mirarme con cierta indignación; ¡sobre todo al asegurarle que nosotros cortábamos esos árboles para calentar nuestras cocinas y cocer nuestras comidas! Luego, reflexionando seriamente en lo que oía, se disipaba su cólera y levantaba sus cinco ramas (que eran las que poseía) al cielo, admirando los designios del Creador, impenetrables para nosotros.

Hasta entonces la esposa de aquel árbol había evitado mi presencia por culpa del motivo que me llevó ante la justicia; pero cuando supo que era costumbre en mi país subirse a los árboles, lo que aquí constituía mi aflicción, desechó sus sospechas y se habituó a verme. Mi temor de que el recuerdo de mi involuntaria falta acudiera a su memoria, me hizo procurar no hablar con ella más que en presencia de su marido.


Todavía estaba yo en el seminario sujeto a prueba, cuando mi huésped tuvo un día la ocurrencia de enseñarme la villa, haciéndome ver los sitios más dignos de mi atención. Caminamos sin impedimento y, lo que más me admiró, fue que ningún habitante corriera a mirarme. La villa, que lleva el nombre de Kéba, ocupa el segundo lugar entre las ciudades de los potuanos; sus habitantes son graves y contenidos y parecen todos ellos senadores. Aquel es el verdadero domicilio de los ancianos; no creo haya una región donde más caso se haga de la edad ni donde más honrada sea la vejez. Se respetan sus decisiones y se obedece su voluntad. Me asombraba, sin embargo ver a una nación tan sabia, tan modesta, complacerse en los espectáculos, en las comedias, en contemplar ridículos combates... Todo eso me parecía estaba en desacuerdo con la gravedad que afectaban. Mi huésped me dijo.

—No os sorprendáis de lo que veis. Los habitantes de este país reparten su tiempo entre las cosas serias y las banalidades.

Verdad es que los placeres sencillos disipan los vapores biliosos y las espesas nubes de la melancolía; sabiéndolo, los potuanos han resuelto que a sus ocupaciones importantes sigan los juegos, encontrando el arte de mezclar la urbanidad a la seriedad, de manera que la primera no degenere en petulancia ni la segunda en tristeza.

Solo una cosa me chocaba, y era la de verles contar entre sus diversiones las disputas de la escuela. En ciertos días del año se hacen apuestas y se fija cierto premio para los vencedores. Los polemistas entran en liza como los gladiadores. Se les azuza como entre nosotros a los gallos de pelea. Los poderosos de aquel país cuidan a los discutidores como en Europa se cuida a los perros de caza. Les adiestran en el arte de discutir, que nosotros llamamos dialéctica, a fin de que se preparen para el combate establecido en un determinado día del año... Algunos de esos polemistas han enriquecido con sus triunfos a los que les nutrieron y adiestraron.

Asistí a semejante espectáculo con disgusto, molesto de ver cambiar en comedia lo que representaba el mejor adorno de nuestros colegios. Un polemista que había proporcionado en tres años cuatro mil ricats a su protector, un cierto Enoch, tenía una admirable volubilidad de lengua; una vez en los estrados nada se le resistía: cambiaba lo blanco en negro, lo cuadrado en redondo. Con sus *distinguo* y *subsumo* reducía a todos al silencio. Pero lo que más me crispaba era la manera de discutir; se llevaban agentes provocadores llamados *cabalcos*, que con sus aguijones pinchaban los flancos de los polemistas cuando su fuego decrecía, a fin de restablecer en ellos el ardor de la disputa. Otros procedimientos encaminados al mismo fin, y cuyo recuerdo me sonroja, los paso en silencio. Eran impropios de una nación tan civilizada. Así se lo manifesté a mi huésped, y él me argumentó en defensa del sistema.

En la ciudad existía también una Universidad o Academia donde se enseñaban dignamente las artes liberales. A ella me llevaron en un día en que se debía nombrar un *madic*, doctor en filosofía; aquel nombramiento se hizo sin ceremonia, aunque el candidato pronunció un largo y dicto discurso sobre cierto problema de física. Al terminar, le inscribieron entre los que gozan del privilegio de enseñar públicamente. A mí me pareció un acto demasiado seco y escueto, comparándolo con el aparato que revisten nuestras promociones; se lo comuniqué a mi huésped, añadiendo que, entre nosotros, dichos actos iban precedidos de diversos géneros de discusión. Al oír la palabra «discusión», frunciendo las cejas me preguntó de qué naturaleza eran y en qué diferían de las de las universidades subterráneas. Cuando le informé de que solían versar sobre costumbres, lenguaje y vestidos de dos naciones antiguas que antaño florecieron por su cultura en Europa, y le aseguré que yo mismo había sostenido tres tesis que estudiaban las pantuflas de dichas naciones, estalló mi huésped en una risa que hizo retumbar la casa. Su esposa acudió para informarse de la causa de tal hilaridad, y al conocerla se sumó a ella. Divulgóse por la ciudad, siendo objeto de gran jolgorio, hasta el extremo de que al saberla la mujer de cierto senador, tanto se rió y tan frenéticamente, que por poco revienta. Como muy poco tiempo después se la llevó una fiebre a la tumba, todo el mundo creyó que había muerto de los esfuerzos de su risa. Era una dama de grandes méritos, ilustrada madre de familia y dueña de siete ramas, cosa rara en su sexo. Fue enterrada más allá de las huertas de la villa, con las mismas ropas que llevaba puestas al morir; todos la sintieron muchísimo.

A propósito de los entierros: es una sabia costumbre de aquel pueblo, que se constituyó ley, enterrar a sus muertos fuera de la ciudad; creen que los humores que exhalan los cadáveres corrompen el aire. Los entierran sin pompas ni vanidades, lo cual me parece muy prudente tratándose de cuerpos que pronto serán pasto de los gusanos. Lo que sí se hace es una especie de funeral en cuyo transcurso se pronuncia una oración fúnebre en honor del difunto, y que no es sino la exhortación al bien vivir y un cuadro de la muerte que se ofrece ante los ojos de los auditores. A esta especie de sermones asisten unos jueces encargados de llamar al orden al orador, si es que éste exagera o atenúa el mérito de la persona muerta. Eso determina que la oratoria de aquel país sea parca en sus ditirambos, temerosa de incurrir en la pena asignada a los que alaban a las gentes más allá de sus merecimientos.

En cierta ocasión asistí a las exequias de uno a quien honraban con largueza, y al saber que se trataba de un campesino me sonreí burlonamente. Los bueyes y los toros —argüí—, por ser compañeros de los campesinos merecen también materia de alabanza. Pero mi huésped, sin descomponer su actitud, me demostró que los labradores eran estimados muy merecidamente por la nobleza de su arte, ya que ninguno es tan honrado como el de la agricultura. Todos los agasajos eran pocos para celebrarlos, y cuando en otoño y primavera venían a la ciudad con sus carros cargados de grano, iban a su encuentro los magistrados seguidos de trompetas y tambores, para introducirlos triunfalmente en la ciudad. ¡Qué contraste con la triste suerte de nuestros labradores, gimientes en cruel servidumbre y cuyos quehaceres nos parecen más abyectos que los de ninguna otra profesión, sobre todo que aquellas que sirven a nuestros placeres y lujo, como las de sastres, perfumistas, bailarines, etcétera, etcétera.

Confiando en su discreción, comuniqué a mi huésped mis impresiones, rogándole que se callara para que la nación subterránea no formara desventajoso juicio del género humano, y él, prometiéndome su reserva, me llevó entre un auditorio ante el que debía celebrarse una oración fúnebre. Declaro que no he oído en mi vida nada más sólido ni más distante de toda clase de vanidades. Aquella oración me pareció un modelo sobre el cual deberían inspirarse todos aquellos a quienes se encargan discursos de esta especie. Por una parte, el orador nos hizo apreciar al difunto: en sus virtudes, y a renglón seguido nos detalló sus vicios y sus debilidades, exhortando a sus oyentes a que los evitaran.

En nuestro regreso encontramos a un criminal al que conducían tres miembros de la justicia. Había sufrido «la pena del brazo» —que así llaman a la sangría hecha por sentencia jurídica—, y lo llevaban al hospital público. Su crimen consistía en haber discutido sobre la esencia y atributos de Dios, cosa prohibida en el país, donde se tienen por temerarias y extravagantes las discusiones de tal especie, que no se producen nunca entre criaturas de espíritu bien formado. De locos se califica a tan sutiles polemistas, y se les encierra hasta que cesan de desbarrar.

«¡Ah! —me decía a mí mismo—. ¿Qué harían aquí nuestros teólogos, los que vemos todos los días enzarzados en disputas furiosas acerca de la divina naturaleza y sus atributos, sobre las cualidades de los espíritus y demás misterios? ¿Cuál sería la suerte de nuestros metafísicos, tan orgullosos de sus trascendentales estudios, que se consideran no solo por enci-

LUDVIG HOLBERG

ma del vulgo, sino iguales al propio Dios? ¡La verdad
es que, en vez de coronas, bonetes, birretes doctorales
con que son adornados entre nosotros, aquí empren-
derían el camino del hospital o de la prisión!»

Mientras tomaba nota de tantas cosas como me parecieron no menos interesantes y paradójicas, llegó el
día fijado por la orden del príncipe como final de mi
prueba e indicado para que me enviaran a la corte con
el certificado de mis examinadores. La verdad es que
yo me prometía elogios, pues confiaba en mis merecimientos, aumentados con mi aprendizaje de la lengua
subterránea, superado antes de lo que se esperó; en el
favor de mi huésped y en la integridad, tan exaltada,
de mis jueces. Por eso, al recibir el tan esperado testimonio lo abrí temblando de alegría, impaciente de
leer mis alabanzas y de conocer por ellas mi futuro
destino. Pero, apenas terminé mi lectura, me poseyó
una rabia tan desesperada como no puedo describir.
He aquí los términos en que se me recomendaba:

«En virtud de las órdenes recibidas de Vuestra Serenidad, os enviamos el animal llamado Hombre, que llegó aquí hace algún tiempo procedente de otro mundo.

Le hemos instruido con sumo cuidado en nuestro
Colegio. Después de haber examinado con toda la

48

atención posible la fuerza de su genio y observado sus costumbres, le encontramos dócil y de rápida concepción, pero de un juicio tan turbio que, vista la precipitación de su espíritu, apenas si osamos contarle entre las criaturas razonables. Y estamos muy lejos de considerarle apto para el desempeño de ningún empleo, por poco importante que sea.

Sin embargo, como sobrepasa a todos los habitantes de este Principado en la ligereza de sus pies, le creemos muy capaz de desempeñar el empleo de corredor de Vuestra Serenidad.

Dado en el Seminario de Kéba, etc...»

NEHEC. JOCHTAN. RAPASI CHILAC.»

Corrí al encuentro de mi huésped al terminar mi lectura, rogándole, humildemente lloroso, que interpusiera su autoridad para hacerme obtener un testimonio más favorable por parte de los *karattes*, mostrándoles, para inclinarlos a mi favor, mis certificados académicos, que me señalaban como hombre de espíritu y ciudadano de porvenir. A ello me replicó él que semejantes certificados servirían en mi país, donde se tomaba la sombra por el cuerpo, la corteza por la medula, pero que en el suyo, donde se escudriñaban hasta los menores repliegues, eran inútiles. Así que él me aconsejaba sufrir con paciencia mi mal, tanto más cuanto no se podía rectificar, añadir ni cambiar nada al testimonio una vez que me lo habían entregado, ya que no existía mayor crimen entre ellos que el de elogiar virtudes falsas o imaginarias. Añadió, por fin, que semejante suerte no era de temer en tan mediocre fortuna; que, por lo que se refería al testimonio de los *karattes*, no se podía negar que era una prueba de la sagacidad e integridad de dichos jueces, ¡insobornables con presentes y difícilmente apabullables con amenazas! Por su parte, me confesó ingenuamente que él también había notado, desde hacía largo tiempo, la debilidad de mi juicio, la vivacidad de mi concepción, la fecundidad de mi memoria..., por todo lo cual comprendía que yo no era de la madera de que se sacan Mercurios *(Non e quovis ligno Mercurius fingi potest)*. Vista la pequeñez de mi espíritu, no había modo de confiarme ningún empleo importante. ¡Por lo que yo mismo le relatara, mi patria era el centro de las banalidades! Terminó reiterándome su amistad y aconsejándome preparara sin demora mi partida.

Seguí tan sabio consejo animado por la necesidad que me empujaba; además, hubiera sido la máxima temeridad oponerme a las órdenes del soberano. Me puse, pues, en camino acompañado de algunos jóvenes árboles, que, habiendo terminado en el seminario, como yo, eran enviados también a la corte. El jefe del grupo era uno de los *karattes*, anciano; iba montado en un buey a causa de su debilidad para caminar. En aquel país no se permite que cada cual se haga llevar cuando le parezca bien solo los ancianos y los enfermos gozan de tal privilegio, aunque bien es cierto que todos los habitantes de este planeta deberían gozar del mismo, ya que caminan con tanta lentitud. Se rieron muchísimo cuando les dije que en nuestro mundo íbamos en coche, tanto de caballos como en sillas de manos; les divirtió sobremanera saber que los vecinos se visitaban entre ellos, yendo en carrozas o en sillas de mano, y que acostumbrábamos a caminar por las calles sobre briosos caballos.

La lentitud de aquellos razonables árboles fue causa de que empleáramos tres días en ir de Kéba a la residencia del príncipe, que no distaba más de cuatro millas. Si yo hubiese ido solo habría realizado semejante camino en un día. Me complacía la ventaja que para andar poseía sobre la nación subterránea, pero me mortificaba al pensar que esa misma ventaja fuera la causa de un empleo vil y despreciable como el que me asignaban. «Quisiera —me decía a mí mismo— tener el defecto que este pueblo tiene en sus pies. Así no me destinarían a un oficio tan innoble».

El jefe del grupo me consoló de este modo.

—Pobre hombre, si la naturaleza no te hubiera compensado con la virtud de tus pies la inferioridad de tu genio, nosotros te consideraríamos como un fardo inútil. A causa de la precipitación de tu espíritu no ves más que la envoltura de las cosas y no el meollo. Y, como no tienes más que dos ramas, eres inferior a los habitantes de este país en las obras manuales.

Acabé dando gracias a Dios por haberme dado buenos pies, ya que sin ellos no tendría el honor de ser contado entre las criaturas razonables.

La verdad es que hice aquel viaje muy placenteramente; encontraba gratos los recreos de aquellos habitantes, y sonriente y suave la campiña que recorríamos. Solamente la Naturaleza es capaz de formar un anfiteatro como aquél; en donde menos pródiga se había manifestado, la industria de los campesinos acudía solícita. Los magistrados asignaban recompensas a los labriegos que se distinguían en el cultivo de sus campos, y multas a los que los descuidaban.

También pasamos por algunos pueblecitos muy notables, cercanos unos de otros hasta constituir una sola villa. Durante nuestro viaje nos molestaron bastantes monos salvajes que correteaban de acá para allá, y que, tomándome por uno de su raza, me perseguían continuamente. Esto me puso de pésimo humor, sobre todo por las risitas de los árboles que iban conmigo, y que se divertían con aquello. Yo iba vestido y equipado con lo que llevaba al llegar al país, lo cual quiere decir que esgrimía mi gancho; querían que Su Serenidad viera cuál era la apariencia de los europeos y con qué atuendo llegué yo al Principado. En vano, sin embargo, esgrimía yo contra los monos aquel garfio. No lograba ahuyentarlos; arremetían contra mí en pelotones, que se sucedían uno a otro, haciéndome imposible cazar alguno para hacer un escarmiento. No podía ni mantenerme siquiera a la defensiva.

Y. así hasta Potu, la ciudad real que da nombre a toda la comarca, cuyos edificios eran más altos y sus calles más amplias que las de Kéba. Cuando, por fin, llegamos y atravesamos la primera calle, poblada de tiendas. y de talleres de todos los oficios; me sorprendió ver a un criminal en medio de la plaza, rodeado de respetables árboles y con una cuerda al cuello... ¿Por qué iban a ahorcar al pobre diablo? Semejante medida no era frecuente en la nación y, cuando expresé mi extrañeza, me informaron de que estaba en presencia de un innovador, del autor de un proyecto que se proponía derogar cierto uso antiguo; los que le rodeaban eran los senadores designados para examinar, según la costumbre, el nuevo proyecto. Si lo encontraban conveniente y ventajoso para el Estado, no solo absolverían al condenado, sino que le concederían una recompensa; pero si era estimado como pernicioso, y su autor resultaba interesado más en su propio beneficio que en el bien común, sería estrangulado sin piedad. Una severidad tal respecto de los innovadores determina que sean pocos los que se atrevan a proponer la derogación de una ley o costumbre, a menos que el asunto esté tan claro y sea tan justo que se esté seguro del éxito. La nación subterránea está celosísima de sus antiguos estatutos y persuadida de que lo viejo es siempre lo mejor, por lo cual no se aviene a sufrir impunemente las renovaciones por miedo de que la libertad de cambiar y abolir las leyes y costumbres quebrante los fundamentos del Estado. Ni que decir tiene que pensé en los innovadores de mi país, que simulando buscan el bien público, se pasan la vida ideando nuevos reglamentos en favor de su interés particular.

El *karatte* bajo cuya vigilancia veníamos, al llegar ante una gran casa donde se acostumbra recibir a los que salen de los seminarios de todo el país, nos introdujo en ella y ordenó que se nos preparara para ser recibidos por el príncipe, al cual él fue a anunciar nuestra llegada. Apenas salió a la calle cuando oímos un ruido enorme, semejante a los gritos de una muchedumbre victoriosa y regocijada; sus aclamaciones se acompañaban de músicas. Sorprendidos, salimos a ver qué pasaba y entonces advertimos a un árbol que avanzaba seguido de numeroso cortejo y que llevaba una corona de flores en la cabeza. Se trataba del mismo ciudadano que acabábamos de ver con una cuerda al cuello en mitad de una plaza, y esto significaba que había sido aprobado su proyecto. No supe en qué consistía éste ni cuáles fueron las razones que su autor adujo en su defensa, pues aquella nación tiene a gala mantener el mayor secreto en torno a las cosas que se refieren a la República y que se debaten entre sus senadores. Jamás se divulga nada de lo que se resuelve en sus augustas asambleas; en contraste con lo que ocurre entre nosotros, que nos falta tiempo para ir a contarlo todo en nuestras tertulias.

Cuando regresó nuestro *karatte*, al cabo de una hora, ordenándonos seguirle, le obedecimos en el acto. Me ocurrió una cosa graciosísima al atravesar las calles animadas con la presencia de multitud de arbolillos que llevaban diversos libros de curioso texto. Entre ellos estaba la *Disertación sobre el nuevo y raro fenómeno aparecido el año último, o sea el Dragón Volante*. Me reconocí allí representado por medio de un dibujo que me inmortalizaba con mi garfio y mi cola de cuerda, girando alrededor del planeta. Riéndome compré el libro que se me dedicaba y que me costó tres kilacs, el equivalente de unos céntimos. Después de aquello llegamos al palacio del príncipe, que me pareció notable por la limpieza y el buen gusto que reinaba en él, así como por la magnificencia de sus salones. Pocos criados servían en él, porque la sobriedad del soberano es tanta que excluye cuanto considera superfluo; bien es verdad que el estar provistos sus súbditos de tantos brazos como ramas, presta un rápido ritmo a sus ocupaciones que se despachan en un minuto, mientras nosotros tardaríamos treinta.

La hora de la comida estaba próxima, y como el príncipe quería hablarme antes de sentarse a la mesa, me introdujeron solo en su presencia. Conocí a un monarca sumamente dulce y afable, aunque no exento de cierta gravedad. Nada oscurecía su juicio, tan ordenado estaba su espíritu. Me arrodillé ante él para demostrarle mi respeto, causando el mayor asombro entre los presentes al acto. El príncipe me preguntó la razón de semejante adoración y, cuando se la expliqué, me or-

denó levantar diciéndome que solo el trabajo y la obediencia obtenían su benevolencia y no aquellos actos
de respetó que únicamente merecía el Ser Supremo. A
continuación me preguntó muchas cosas: las vicisitudes de mi viaje, las costumbres de nuestro globo... Patéticamente le fui explicando las hermosas cualidades
de los hombres, su genio, su cortesía y todo lo que es
digno de orgullo en el género humano. Pero él escuchó
toda aquella relación con aire indiferente, e incluso
bostezando a veces precisamente cuando yo esperaba
su admiración. Ello me hizo comprender la diferencia
de gustos entre los mortales: lo que a unos deslumbra
a otros les parece necio. De todo cuanto hablé, nada le
pareció tan chocante al príncipe como nuestro modo
de actuar en justicia, la elocuencia de nuestros abogados y la diligencia de los jueces en pronunciar sus sentencias. Iba a extenderme acerca de este tema, cuando
el príncipe me interrumpió para interpelarme acerca
del culto de los hombres. Se lo expliqué abreviando los
artículos de nuestro credo, algunos de los cuales frun-
cían las arrugas de su frente en signo de aprobación; se
asombró de que una especie como la nuestra, privada
de sentido común, tuviese tan sanas ideas acerca de la
Divinidad y supiera sostener los principios del culto
que le es debido. Pero cuando aludí a las innumerables

sectas que dividen a los cristianos, me confesó que entre ellos existía también la diversidad de ideas religiosas, aunque a nadie se perseguía por eso. A Dios, que tanto recomienda la modestia y la humildad, no puede satisfacerle que el orgullo de las criaturas persiga a los que piensan de otro modo.

Nuestra conversación tuvo que interrumpirse para que el príncipe comiera, sentóse la esposa a su derecha, su hijo el príncipe a la izquierda, y después el gran canciller o *kadote*. Este personaje gozaba de una reputación inmejorable por su prudencia y su cortesía. Veinte eran los años que venía ejerciendo su cargo con el asentimiento de todo el mundo. Era de una concepción tan lenta, que empleaba unos quince días en hilvanar el más breve de sus edictos, ya que examinaba minuciosísimamente todos los asuntos, y esto era prueba de su sensato juicio ante sus compatriotas que estiman como actividad fracasada la precipitación.

La corte de Potu se veía mejor servida en su mesa con dos criados solamente, que las nuestras con su nube de domésticos. Entró una doncella que tenía ocho ramas, en cada una de las cuales llevaba platos o servilletas, y en un soplo quedó preparada la comida de la real familia. Otro árbol que traía ocho botellas de mosto y otra de licor dulce, pues poseía nueve ramas, la siguió poco después. Con la misma celeridad que fue puesta, se quitó la mesa. El príncipe hizo una frugal comida, ya que de todos los platos que se le ofrecieron solo se sirvió del que más a su gusto encontró. Durante la comida se habló de las virtudes y de los vicios, así como de los asuntos del Estado. Hubo una alusión a mi persona; a su juicio, la vivacidad de mi espíritu demostraba que yo estaba hecho de una materia que apenas me permitía ser mensajero, ¡nunca Mercurio! Me pidieron el certificado del Seminario, y se leyó en voz alta. El príncipe miró mis pies y aseguró que los *karattes* me habían juzgado perfectamente, debiendo seguirse sus indicaciones sobre mí. Como un rayo fue su comentario; las lágrimas corrieron de mis ojos, mientras rogaba se revisara aquel juicio, alegando que si otra vez se examinaban mis facultades estaba cierto de más grata resolución.

Equitativo y clemente el príncipe no se encolerizó conmigo, sino que ordenó un nuevo examen a cargo del *karatte* que nos acompañaba, después nos dejó solos y aquél me propuso nuevos problemas que yo intenté resolver con mi habitual presteza.

—Hay que convenir —me dijo— en que captas el sentido de las cosas que se te dicen con admirable rapidez; pero se te escapan enseguida, y tus respuestas evidencian que concibes una dificultad antes de conocerla.

Cuando terminó el examen y el príncipe volvió a nuestro lado, al preguntarnos el resultado final, el *karatte* le dijo que yo merecía el castigo destinado a los calumniadores —ser sangrado en mis dos ramas y encerrado en un calabozo—, por haber pedido que se revocara el primer examen. Para apoyarse en sus palabras citó los artículos legales en contra de los cuales yo había incurrido; pero Su Serenidad me acordó el favor especial de perdonarme mi crimen: tanto por mi precipitado espíritu, como por mi ignorancia de las leyes, y también porque se podía conceder aquella gracia a un recién llegado, un extranjero, sin violar las leyes. Para demostrarme, por fin, su favor y su benevolencia, ¡me concedía un puesto entre sus mensajeros habituales, esperando que me agradara!

Tenía una hermosa apostura el secretario requerido para inscribirme en la lista de los candidatos: provisto de once ramas estaba facultado para escribir once documentos a un tiempo, el mismo que nosotros necesitamos para escribir uno solo. La mediocridad de su juicio le impidió ascender en el empleo que venía desempeñando desde hacía treinta años. Aquel era mi futuro jefe, pues a su cargo estaba la redacción de edictos y comunicados. Con sorprendente celeridad cumplía sus funciones. La prosperidad de las familias se calcula por el número de ramas que poseen sus hijos, y los ascendientes del citado secretario eran famosos por sus numerosas ramas.

Fatigado, y sin embargo incapaz de pegar los ojos en toda la noche, fui a acostarme después de recibir mi credencial; imposible dormir pensando en la inferioridad del oficio a que me destinaban. ¡Yo, bachiller del gran globo, candidato al ministerio de honrosa profesión, estaba obligado a desempeñar el papel de mensajero, y de un príncipe subterráneo! A la luz de la noche, tan parecida a la del día, pude leer y releer mi diploma académico que ya os dije llevaba encima. Por fin logré dormirme y navegué en bien distintas imágenes... Estaba de vuelta en mi patria, contaba a mis compatriotas cuanto me sucedió en la región subterránea, luego me movía nuevamente en el aire y era presa de un pájaro salvaje que me mortificaba. Los esfuerzos que creía hacer en mi defensa acabaron despertándome, y apenas abrí los ojos encontré a un enorme mono sentado en mi cama. La mal cerrada puerta de mi alcoba le dejó paso, y su inesperada presencia me aterró de tal modo, que me puse a gritar pidiendo socorro con tal estrépito que retumbó la estancia. Algunos arbolillos que dormían en mi vecindad se despertaron y vinieron a ayudarme en mi lucha contra el villano animal, al que por fin arrojaron fuera. Días después supe que el relato de aquella aventura divirtió mucho al príncipe que, temiendo me volviera a ocurrir con detrimento de mis posibilidades de mensajero, dispuso que se me vistiera a lo subterráneo, adornándome con falsas ramas (ya advertí que el seminario me envió en el estado en que llegué) y se me despojara de mis trajes europeos, los cuales, por su rareza, fueron colgados en el guardarropa del príncipe con esta advertencia: «Traje de una criatura subterránea». Por mi parte, pensaba en lo que diría el maestro Jens Endersen, sastre de Bergen, autor de mis ropas, si supiera que su obra se hallaba en el guardarropa de un monarca subterráneo, que le conserva entre sus más raras cosas. ¡Se inflaría de orgullo y apenas cedería el paso a los altos burgomaestres y capitanes de la ciudad!

Como pronto comencé a desempeñar mi cargo, siempre estaba en camino llevando despachos a todas las ciudades de segunda o primera categoría. Por mis expediciones tuve ocasión de examinar a fondo el natural de aquel país, advirtiendo en muchos de sus hijos admirable afabilidad unida a mucha sabiduría. Excepción hecha de los habitantes de la villa Maholki, manojos de espinas que encontré rudos y poco civilizados.

Tan largo sería de contar cuanto encontré de noble y grato en mis andanzas, que para no fatigar voy a entresacar solamente un ejemplo que demostrará el carácter interno del pueblo que admiro por sus costumbres, leyes, resoluciones... Un estudiante de filología solicitaba el rectorado de un colegio; su instancia iba acompañada por una carta de recomendación, notabilísima, que suscribían los vecinos de Nahami. En ella se decía que el candidato había vivido en matrimonio con una mujer muy lasciva durante cuatro años, y que durante ese tiempo él se comportó como hombre apacible que sabe llevar sus cuernos con paciencia. Se añadía el certificado de los *karattes* concerniente a la ciencia del aspirante a rector. Ni que decir tiene que el príncipe se rió mucho con tan peregrina recomendación, otorgando al fin el empleo deseado, que fue desempeñado admirablemente. Para ello existían dulzura y paciencia, condiciones indispensables en una función docente; y entonces comprendí las razones de la carta, exaltación en definitiva de las excelentes cualidades del profesor.

# II

## Descripción del principado de Potu; su corte y sus instituciones

Y ahora hablemos un poco del principado de Potu, pequeña parte del globo en que se encuentra y que se llama Nazar; cuenta con unas doscientas millas y puede ser recorrido sin guía, ya que en todas partes se habla una misma lengua, aunque los potuanos son muy diferentes de los otros pueblos de este globo en asuntos públicos, gobierno, costumbres y vestimentas. En relación con los demás pueblos de Nazar, son lo que los europeos con respecto a las demás naciones; esto es, les sobrepasan en prudencia y sabiduría.

A la distancia de una milla, unas de otras, han sido colocadas piedras por los caminos de Potu, tienen dichas piedras una especie de brazos sobre los que se leen los caminos que es preciso seguir para ir de tal ciudad a tal otra. Pueblos, villas, ciudades, pueblan el principado con su diversidad de trajes, carácter y costumbres, concordando sin embargo en un mismo idioma; ello sorprende gratamente al viajero y le mantiene, por decirlo así, como en éxtasis. Ríos y canales cruzan el país, surcados por barcos que se mueven por medio de resortes, no con remos como los nuestros. Imposible descubrir el secreto de su artificio, pues los árboles son ingeniosos y sutiles en sus inventos.

Triple, como el de la Tierra, es el movimiento de este globo; el tiempo se divide en días, noches, veranos, inviernos, primaveras y otoños; los lugares situados bajo los polos son más fríos que los alejados de ellos. Con respecto a la claridad, ya dije que hay poca diferencia entre la del día y la de la noche; e incluso son más agradables las noches, pues es imposible imaginar nada más, resplandeciente que la luz del sol reflejada y reverberada por el compacto hemisferio o firmamento que le devuelve al planeta donde se expande, como si una luna de inmenso tamaño luciera continuamente a su alrededor. Para gozo de los habitantes, que consisten en árboles de distintas especies: Robles, tilos, álamos, palmeras, espinos..., de los cuales reciben sus nombres los dieciséis meses del año, que contienen el tiempo que tarda el planeta Nazar en efectuar su revolución. Los principales acontecimientos dan nombre a distintas épocas. El más notable fue la aparición de un cometa, hace tres mil años, que ocasionó —dicen— un diluvio universal que sumergió a toda la especie arbórea y a las más de las criaturas vivientes. Algunos individuos que se subieron a las cimas de las montañas lograron escapar al furor de las olas. De los árboles que se salvaron descienden los actuales habitantes del planeta. En éste se producen casi todos los frutos que en Europa, salvo la avena; bien es verdad que para nada se necesita, ya que no hay caballos.

Mares y lagos proveen de exquisita pesca y adornan el país con sus riberas pobladas de quintas de recreo. La bebida corriente se hace con el jugo de ciertas hierbas verdes en toda estacion. Los vendedores de esa bebida se llaman *minhalpi* y su número se limita en cada ciudad, solo ellos tienen el privilegio de cocer y destilar las hierbas indicadas, y no pueden desempeñar ningún otro oficio ni comerciar con ninguna otra especie

Por su parte, ellos impiden que empleados

diferente. Por su parte, ellos impiden que empleados de otras materias o empresas se inmiscuyan en la venta de sus bebidas. ¡Buen ejemplo para nosotros, ya que nuestros militares y ministros trafican y se enriquecen en poco tiempo, gracias a indignos monopolios causantes de la ruina de obreros y comerciantes!

*La ley en favor de la propagación* impulsa el crecimiento de los habitantes, ya que en virtud de tal ley los beneficios y dispensas aumentan o disminuyen a medida del número de niños nacidos. El padre de seis hijos está exento de todo tributo, ordinario y extraordinario, ya que nada se considera tan ventajoso en aquel mundo como la prolifidad de los machos y la fecundidad de las hembras. Esto choca también con nuestro país, donde a cada niño que viene al mundo se le impone un tributo como a la cosa más inútil y perniciosa. Nadie puede ejercer allí dos cargos a un tiempo, porque los potuanos sostienen que la menor ocupación reclama íntegra a la persona. Nosotros, en cambio, podemos realizar distintas funciones a la vez. Tampoco entre ellos existe la división social, pues habiendo comprendido el príncipe que ello no es más que una fuente de discordias, se abolieron todas las prerrogativas adheridas al nacimiento, dictaminándose el aprecio de los valores morales que emana la virtud. Si bien el número de ramas otorga ciertos privilegios, no es para ennoblecer al dueño, sino para obligarle a rendir mayores beneficios con ellas.

Y al llegar a este punto, considero preciso hablar del sistema religioso de los potuanos. Se reduce a unos cuantos artículos que constituyen una confesión de fe abreviada pero mucho más extendida que nuestro símbolo apostólico.

Está prohibido, bajo pena de ser exilado al Firmamento, comentar los libros sagrados, y si alguno tiene la audacia de discutir sobre la esencia y los atributos de la divinidad o sobre las propiedades de los espíritus y las almas, se le condena a la flebotomía y se le encierra en el Hospital General, ya que se supone que hay que estar loco para querer definir cosas superiores a nuestro entendimiento. Si bien todos convienen en que hay que adorar a un Ser Supremo cuya soberana potencia ha creado el mundo y lo conserva bajo su Providencia, a nadie se molesta porque albergue sentimientos opuestos a los de la mayoría acerca de otras cuestiones que puedan modificar ese culto. Pero los que combaten públicamente la religión establecida por las leyes fundamentales del Estado, son castigados como perturbadores de orden público. Como a mí no se me ocurrió hacer de misionero, nadie me inquietó respecto de mis sentimientos religiosos.

La plegaria, que no es frecuente en ellos, la hacen con tal fervor, que se les diría extasiados. Cuando les dije que en mi país se cantaban himnos religiosos cuando se trabajaba, se escandalizaron y me arguyeron qué tal le parecería a un príncipe de la tierra si un súbdito suyo le pidiera una gracia mientras se rizaba el pelo o se cepillaba el traje... No aprobaban nuestros himnos, además, porque les parecería una forma de irritar a Dios por medio de cánticos. Suspiros y lágrimas —añadían— eran los que podían aplacar la divina cólera, y no músicas con flautas y trompetas. Yo les oía indignado, sobre todo porque recordaba que mi padre había sido chantre en una iglesia, y que yo mismo aspiré a serlo; pero contenía mi fastidio. Al decirles que no se podía esperar la salvación de los que viven en las tinieblas del error, me contestaban que a veces se dañaba uno a sí mismo con sus temerarios juicios y que la facilidad en perjudicar a los demás partía de un espíritu de arrogancia que no podía complacer a Dios, que ama la humildad... Condenar los sentimientos ajenos imponiendo los nuestros a la fuerza, era declarar que se creía poseer, a solas, las luces de la razón; cayendo, por consecuencia, en los defectos de los locos que se creen los únicos sabios. Cuando yo declaraba a mi interlocutor que creía en mi conciencia, él alababa mi juicio y me exhortaba a seguir siempre el testimonio de mi conciencia agregando qué, por imitarme, seguiría el dictamen de la suya, que le ordenaba cortar la disputa para que cesaran las diferencias.

Confieso que no eran solo estos errores los que mis potuanos defendían con ardor; no negaban, por ejemplo, que Dios recompensara las buenas obras y castigara las malas, pero sostenían que tal retribución tendría lugar en otra vida, y si yo les oponía ejemplos de personas que habían sido castigadas en esta vida a causa de sus crímenes, ellos me citaban algunos árboles que gozaron de toda clase de venturas mientras vivieron a pesar de ser unos infames. Siempre que discutimos exponemos determinados ejemplos de la vida corriente, sin prestar atención a los que podrían combatirlos —me argüían—. E inútil era que yo les objetara qué cuantos me hicieron daño tuvieron desdichado fin, pues a eso me replicaban que era un absurdo amor propio el que me hacía creerme más valioso ante los ojos de Dios que otras personas que después de haber sufrido mil injurias, que no merecían, vieron en continua prosperidad a sus perseguidores hasta la ancianidad. En fin, cuando les sostenía que era preciso rogar a Dios por lo menos una vez al día, ellos me contestaban que no negaban la necesidad de la plegaria, pero que estaban convencidos

mente inútil sino hasta criminal tratar de excitar a los tibios por medio de golpes. «Si un esposo —dicen—, queriendo exigir a su esposa un amor recíproco la toma por la violencia, la colma de golpes y la somete hasta conseguir sus fines, no es su amor lo que le inspira sino odio y horror que sustituyen a su frialdad.»

Antiguamente los potuanos apaciguaban a la divinidad por medio de sacrificios y de ceremonias espectaculares, que terminaron con el célebre filósofo Limali que hará, unos ochocientos años fue el reformador de la religión. Compuso una obra llamada *Sébolas Tacsi*, que quiere decir «Testimonio verdadero de la Piedad de los Árboles», a cuya lectura me entregué con avidez. El reformador subterráneo condena los sacrificios y usos por el estilo, con las siguientes razones: Solo —asegura— son virtudes verdaderas las que parecen penosas al corazón corrompido. Ofrecer sacrificios, cantar himnos, celebrar fiestas, venerar las cenizas de los muertos o llevar en procesión imágenes sagradas, más son signos de pereza que actos de fe. No pueden considerarse actos de fe los que realiza cualquier impío sin que le cueste el menor esfuerzo; mas consolar a los pobres con los propios medios, moderar la cólera y refrenar los deseos de desquite, resistir enérgicamente a las tentaciones, combatir las pasiones desenfrenadas..., eso es lo que exige constancia y energía. Y eso es lo que significa verdadero testimonio de virtud y de piedad.

El soldado se distingue del paisano por su traje, sus botas y sus brillantes armas; pero el héroe se reconoce por su bravura, por el firme esfuerzo en el sacrificio de su vida y de sus miembros a su patria. Y opinan los potuanos: antaño se contentaban nuestros antepasados con seguir la religión natural; pero la experiencia ha demostrado que las luces de la naturaleza sola no bastan para regular el corazón, y que los preceptos que prescriben se disipan con el tiempo por pereza y negligencia de los unos, y sutilezas de los otros. No habiendo nada que pueda detener la libertad de pensar o reducirla a sus justos límites, Dios nos entregó su Ley escrita. Tales razonamientos me señalaban el error de los que pretenden que la revelación es innecesaria Una cosa más me pareció digna de alabanza y admiración en aquel pueblo en sus grandes guerras, cuando regresan victoriosos de sus enemigos, en lugar de júbilo y Te Deum, pasan varios días retirados y en absoluto silencio..., como avergonzados de haber vencido a costa de la sangre de sus semejantes. Esos sentimientos de humanidad impiden a las crónicas subterráneas mencionar, rara vez lo hacen, las acciones militares.

Y como lo que destacan son las leyes y funciones del Estado, quiero hablar también de su administración. Entre los habitantes del mundo subterráneo la soberanía es hereditaria y está adscrita a una sola familia, cuya sucesión se mantiene desde hace mil años, observándose religiosamente, como se puede comprobar en los Anales del país. Fue su buen sentido el que les dictó que los que mandan deben sobrepasar a los otros en prudencia y en todas las demás virtudes morales; atentos a ello algunos pensaron que era necesario atender mejor al mérito que al nacimiento, elevando a la suprema dignidad estatal al que fuera reconocido como el más sabio de los ciudadanos. En consecuencia se eligió al filósofo Rabaku, que comenzó a gobernar con tal dulzura y tal sabiduría que fue estimado como modelo de príncipes. Aquella dicha no duró mucho. Los potuanos advirtieron, demasiado tarde, que la máxima vulgar que asegura la felicidad de los estados cuando se rigen por filósofos-reyes, no era buena; el nuevo monarca sacado del polvo para ser izado al más alto rango, no podía con sus solas virtudes suplir el arte de reinar que concilia el respeto con la veneración. Los que antes fueron sus iguales o superiores no podían obedecer a un personaje que estimaban inferior a ellos, y cuantas veces el príncipe les dictaba órdenes, dejaban de cumplirlas sin hacer caso de lo que representaba al presente Rabaku, por recordar lo que había sido antes... Y él, confiando en atraerse los espíritus por medio de la dulzura, halagaba a sus cortesanos que se desentendían de sus atenciones y le contradecían abiertamente. Rabaku creyó entonces que habría que recurrir a otros procedimientos para contener a tan indomables gentes y cesó de usar de la clemencia para aplicar la crueldad... Su medida prendió el incendio; los súbditos se sublevaron contra él, y aunque fueron contenidos imperfectamente, pronto habrían vuelto a rebelarse si Rabaku no viera, por fin, que un estado no puede subsistir si no está regido por alguien cuyo ilustre nacimiento y memoria de sus antepasados le concilian el respeto y el amor de los pueblos. Entonces abdicó su soberanía a favor de un príncipe con derechos por su cuna. Así pudo volver la paz con el legítimo príncipe.

Observando siempre la medida de no cambiar nada en el orden de la sucesión, que no infringieron sin apremiante necesidad, vivieron en orden los potuanos. Verdad es que los Anales citan a otro filósofo que quiso introducir una modificación en la ley hecha a favor de la sucesión, consistente en elegir entre los hijos del príncipe al que pareciera más digno de sucederle; pero habiendo sometido aquel filósofo su teoría al examen de su patria, resistiendo la cuerda al cuello mientras se deliberaba sobre la utilidad de su proyecto, se consideró temeraria por creer que desataría multitud de disturbios y disensiones por parte de los otros príncipes y sus partidarios, y se estimó más acertado respetar el derecho de primogenitura. Rechazada, pues, la nueva ley en proyecto, se estranguló a su autor.

Los príncipes potuanos, no obstante su ilimitada autoridad, gobiernan más como padres que como soberanos. Su amor a la justicia parte de algo mejor que una adaptación a las leyes. Éstas han suprimido toda diferencia de clases, como antes dije. Existieron, naturalmente, pero resultaba bochornoso ver que los menos aptos ocupaban los puestos, hasta en sociedad, que merecían otros árboles sin títulos de nobleza oficial, pero con cualidades de auténtica superioridad. Por fin, un ciudadano de Kéba osó proponer una ley que aboliera los títulos y obtuvo su aprobación unánime.

Alguien me aseguró, sin embargo, que en los archivos reales se encuentra un catálogo de clasificaciones ciudadanas; son diez, y en este orden los que han socorrido al Estado con su patrimonio en los tiempos difíciles; los oficiales que sirven *gratis* y sin ninguna recompensa; los campesinos y labradores que tienen ocho ramas o más; los labradores de siete ramas o menos; los fabricantes y los manufactureros; los obreros que ejercen profesiones útiles; los filósofos y los doctores de uno y otro sexo; los artesanos; los comerciantes; los oficiales de la corte que tienen 500 o 1000 rupats de sueldo.

A mí me parecieron ridículas semejantes distinciones, pero otros detalles consideré más dignos de atención y los enumeraré.

Cuantos más beneficios recibe un potuano por parte del Estado, más humilde y sumiso se manifiesta; obedeciendo su actitud a que se considera obligado a favor de sus semejantes por no haber merecido las distinciones que él. Los más honrados son los que procrearon en mayor cantidad, al contrario que nosotros que honramos más a los destructores del género humano: Alejandro, César, por ejemplo, que hicieron morir a millones de hombres, sin dejar ellos su propia sucesión. En Kéba leí un epitafio que se refería a un campesino: *Aquí yace Jochtan el Grande, que fue padre de treinta hijos y héroe de su tiempo.* Claro que no basta para obtener la gloria esa facultad prolífica, sino que hay que educar, además, muy bien a los hijos.

En cuanto a la promulgación de sus leyes, los potuanos proceden, como los romanos de la antigüedad, con suma lentitud: se coloca el edicto o ley en los mercados de cada ciudad, y todos tienen derecho de

examinarla y comunicar sus discrepancias al Consejo de Prudentes, reunido para este fin en cada lugar.
Cuando la ley no es rechazada por el pueblo, se remite
al príncipe para que la confirme, la apruebe con su rú-
brica y la promulgue. Su duración está asegurada por
la lentitud con que se procede en cada caso, no dando
lugar al pueblo de que cambie de leyes con frecuencia,
dándose el caso corroborativo de que hace cinco siglos que no han sufrido cambios de importancia. Para
los potuanos es más peligroso errar contra las leyes
establecidas, que contra la interpretación o comentario de los libros religiosos, pues estiman que el yerro
en tal materia solo afecta a uno mismo, mientras el
yerro contra la ley turba la tranquilidad de todos.

Ya dije anteriormente que el príncipe guarda una
lista con los nombres de los árboles más ilustres, re-
comendados por los *karattes*, y destinados a cubrir las
vacantes en los cargos. Al hablar de la corte del príncipe de Poto, dije que el *kadoki* o gran canciller ocu-
paba el primer puesto entre los oficiales de la corte;
después de él está el gran tesorero o *smiriam*. El árbol
que ostentaba por entonces ese cargo era una viuda
de siete ramas, llamada Rahagna, cuyos altos merecimientos eran indiscutibles. Aquella dama no era de
gran condición social, lo que prueba la equidad del so-

berano para designar a sus súbditos en la ocupación de altos cargos. Cuando yo la conocí, aún amamantaba a su último hijo, nacido después de la muerte de su marido, y al extrañarme yo de que una mujer de su importancia realizara una función tan incómoda, se me contestó airadamente si es que me figuraba que la Naturaleza había colocado los senos para adorno del remate de la garganta de la mujer y no para alimentar a sus hijos. La leche —se me dijo— influye más de lo que se cree en el carácter de los niños, que beben con ella el genio y las inclinaciones de su nodriza. Las madres que rehusan amamantar a sus hijos, rompen el más dulce lazo de amor con ellos.

Tuve noticias del preceptor del príncipe heredero un muchacho de seis años que ya tenía seis ramas, cosa rara en tan tierna edad. Aquel maestro insigne era el más sabio de todos los árboles; instruía a su discípulo en el conocimiento de Dios, en la historia, matemáticas y moral. Pude ver su *Tratado de Moral o Compendio Político*, compuesto para uso de su alumno, y que se titulaba *Mahalda Libab Hálil*, o sea: *Timón del Estado*. Como recuerdo algunos de sus saludables preceptos, voy a citar, resumiéndolos, algunos:

No hay que prestar credulidad a la alabanza ni a la censura, aplazando nuestro juicio hasta disponer de

un conocimiento perfecto de lo alabado o censurado.
Al acusar a alguien de un crimen, se debe tener en
cuenta si antaño hizo alguna buena acción para, com-
parando el bien con el mal, pronunciar la sentencia.
El soberano debe confiar en los consejeros exigentes
como en los más altos sabios de sus súbditos, ya que
no se van a exponer al peligro de desagradar diciendo la verdad si no la prefieren como bien del Estado
más que del propio. El soberano debe admitir en su
consejo a quien no carezca de bienes propios en el
país, porque esta clase de gente tiene ligados sus intereses a los del público; y si no tienen tales intereses
miran al Estado como una especie de albergue en su
camino. El príncipe puede servirse de la cooperación
de algún mal árbol, en determinadas circunstancias;
pero sería imprudente que honrara con sus gracias al
personaje en semejante coyuntura. Si un mal sujeto
goza del favor de su señor, no ocuparán los empleos
más que malvados cuyo progreso se cuidará de im-
pulsar el favorito. Los soberanos deben sospechar de
quienes le hacen continuamente la corte, paseándose
por sus antecámaras, ya que los que aparecen demasiado por la corte, sin ser llamados, o han cometido
una falta o la están meditando. Las gentes ávidas de
honores no merecen la atención del soberano, pues

solo se mendiga cuando se es pobre y se anda acucia-
do por el hambre; y solo se ansían títulos cuando no
se está capacitado para obtener estimación y respeto
por los propios méritos y virtud. No se puede admitir
que ningún ciudadano sea inútil al Estado (*este precepto, muy útil en verdad, no pude aprobarlo por culpa del odioso
ejemplo en que se apoyaba*). Ninguna criatura es tan bru-
ta ni tan estúpida que no pueda rendir algún beneficio o destacar en algo. Por ejemplo, si aquél dispone
de talento, el otro dispondrá de espíritu; si el uno tiene la fuerza del genio, el otro tendrá la del cuerpo; si
aquél tiene condiciones de juez, el otro las tendrá de
escribano; si el uno tiene el don de la inventiva, el otro
tendrá el de la ejecución... Así, pocas criaturas podrán
ser consideradas como inútiles en este mundo, ya que
si nos lo parecen, no es por culpa del Creador, sino de
los que no consultan sus aptitudes para emplearlas
adecuadamente. (Y *aquí viene la confirmación de la teoría, ¡con mi propio ejemplo!*) «En nuestro tiempo, hemos
visto un *animal subterráneo* que a todos nos pareció el
peso más inútil de la tierra, a causa de la precipitación de sus juicios. Pues bien, hemos sabido emplear-
lo, utilizando la ligereza de sus pies.» (*Cuando leí esto,
me dije: el principio de este precepto corresponde a una persona
honrada; el final, a un bribón.*)

No es poca la tarea de un príncipe que sabe reinar, elegir un buen preceptor para el hijo que ha de sucederle. Se debe confiar tamaña tarea a persona de piedad y erudición manifiestas, ya que la salud del Estado depende de la formación y educación del que está destinado a gobernarlo. Cuanto se aprende en la infancia deviene naturaleza; es, pues, indispensable que el soberano ame a su patria y alcance su amor a todos sus súbditos. A conseguirlo deben tender todos los esfuerzas del preceptor, de quien está predestinado a ocupar un trono. Un soberano también debe conocer a fondo el genio y el temperamento de sus vasallos y atenerse a ellos. Si quiere corregir sus defectos necesita que su ejemplo sea el que opere el cambio, y no sus edictos. «Pues los ejemplos de los grandes tienen mucha influencia sobre los que deben obedecerlos.» No se debe tolerar la ociosidad, porque los ociosos son una carga para el Estado. El trabajo y la industria continuos aumentan las fuerzas del país y previenen los malos designios y maquinaciones, frutos naturales del vagar. Más vale ocupar los espíritus con juegos y diversiones, que dejarlos en reposo después del trabajo. El príncipe debe tomarse como un deber, mantener la unión y concordia entre sus súbditos; pero no estará mal que fomente pequeñas disensiones entre sus ministros: con ellas descubrirá verdades, como las descubren los jueces por medio de la discusión entre las partes que contienden. Reuniendo su consejo para deliberar sobre los negocios importantes, obra el soberano con prudencia; pero hará mejor si consulta a cada consejero por separado, ya que en una asamblea donde hay que exponer los pensamientos en voz alta, ocurre a veces que el más elocuente de los oradores atrae a su campo a los demás, y el soberano oye, en lugar del sentimiento de cada uno, el de uno solo.

Los castigos son tan necesarios como las recompensas, pues si los unos castigan el vicio, los otros premian a la virtud. Por ello hay que recompensar a los malos si hacen algo bueno, a fin de excitar en ellos el cumplimiento del deber. Con relación a los aspirantes a los cargos públicos, hay que tener en cuenta, sobre todo, la capacidad. Hay otras virtudes infinitamente recomendables; pero como pueden engañar con su apariencia, resultan más difíciles de valorar... Aunque un imbécil sea bueno, no sirve para ocupar el cargo: su incapacidad permitiría excesivos desmanes por parte de los que le rodearan. Por multitud de razones a su favor hay que concederle toda la confianza a la capacidad.

No es buena norma la de condenar a los ambiciosos excluyéndolos de los empleos. Tal método les obligará a cubrirse con la máscara de la hipocresía, aparentando humildad como camino para lograr sus fines. Más valen los ambiciosos de cargos que los falsos humildes. Tampoco se deben entregar las finanzas a la dirección de un pobre insolvente, pues eso sería como entregar la llave de la despensa a un hambriento. Parecido inconveniente habría con un avaro, pues si para un insolvente todo es poco, para un avaro nada es demasiado.

Cuando los vicios del Estado exijan reforma, hay que aplicarla lentamente, pues querer extirpar de golpe los defectos es como ordenar al mismo enfermo vomitivos, sangrías y purgantes al mismo tiempo. Los que temerariamente se mezclan en todo y se ocupan de diversos asuntos a la vez, ignoran sus propias fuerzas. El prudente comprueba la fuerza de sus hombros antes de cargarlos con un peso, y el que ama verdaderamente la salud de su patria, juega con los asuntos del Estado.

Y ahora, para terminar mi larga información acerca de la organización social de los potuanos, voy a hablar de sus universidades. Poseen tres escuelas superiores o universidades, en Potu, en Kéba y en Nahami. Las ciencias que se enseñan son: historia, economía, matemáticas y jurisprudencia. Por lo que a teología se refiere, es tan concisa y está tan abreviada en aquel país, que se refiere a dos preceptos saber que es preciso amar a un solo Dios, creador y conservador de lo crea- do, y que este mismo Dios premia la virtud y castiga el vicio. Ya se recordará que dije que las discusiones religiosas están castigadas con penas corporales. La medicina no se estima como estudio universitario, y además los árboles, que son muy sobrios, desconocen las enfermedades internas.

Los ejercicios universitarios consisten en proponer y resolver curiosos problemas. Con ellos juzgan los profesores de la capacidad de sus alumnos, cuyo espí- ritu tratan de agudizar, calculando a qué deben dedi- carse. Nadie se atreve a estudiar varias disciplinas, si no quiere ser considerado despectivamente. Así, en- cerradas las ciencias en tan estrechos límites, alcan- zan pronto su madurez. Los doctores están obligados a dar pruebas anuales de su sapiencia; los aplicados a las ciencias morales, a resolver cuestiones compli- cadas; los historiadores, los matemáticos, todos en resumen, se esfuerzan por aportar nuevas luces a las ciencias. Los juristas, que son los únicos que estudian retórica, preparan discursos elocuentes, entrenándo- se para cuando han de actuar de abogados.

Esa costumbre nuestra académica de componer discursos, irritaba a los potuanos; los sabios de su país proponen dulcemente las cosas que se deben conocer y creer, pero sin hacer, como nuestros filósofos, alardes de imperiosidad y acritud. Tan gratamente sostienen sus teorías, que es un placer oírlos discurrir sobre saludables verdades. Por otra parte, hay que admirar la dignidad y gravedad con que proceden en sus actos universitarios, evitando cuanto pudiera parecer teatral. No me atreví a contarles cómo se conferían los grados en nuestras universidades.

Ningún sabio puede escribir un libro antes de cumplir treinta años, y para hacerlo debe contar con la aprobación de sus profesores. Esto hace que se publiquen pocos libros, pero que esos pocos tengan todas las garantías de bondad y documentación. No le dije a nadie, tampoco, que antes de mi pubertad ya había yo publicado cinco o seis cosas.

Aún más notable es lo que voy a referir ahora: si un árbol desafía a otro en duelo, se le interviene el uso de las armas y se le condena a vivir bajo tutela como a un niño incapaz de gobernar sus pasiones. Compárese con nuestros hábitos de mirar el duelo como la manifestación de un valor personal heroico. Ni griegos ni romanos supieron nada del duelo, mientras en el norte, sobre todo, el abominable uso ha tomado carta de naturaleza.

Administrando justicia, los potuanos también ofrecen ejemplos singulares. Los nombres de los pleiteantes, en el proceso civil, permanecen anónimos para los jueces; las diferencias se ventilan lejos de los lugares de nacimiento de los que se querellan, por tribunales muy distanciados. La experiencia enseña que los jueces pueden corromperse o por regalos o por coacción sentimental. Para obviar tantos motivos de tentación, se omiten los nombres de los litigantes y el título de sus heredades o tierras en litigio. El estado de la cuestión y las razones de una y otra parte se envían a un tribunal arbitral, que el príncipe nombra a su gusto.

A propósito del príncipe, él es el único contra quien no es posible querellarse en vida; pero, en cuanto muere, puede ser citado a juicio por acusadores públicos o abogados. El senado se reúne para examinar ampliamente las acciones del difunto y emitir sentencia. Esta contiene términos especiales para calificar la conducta examinada: *laudablemente, no laudablemente, bien, regular, tolerable, mediocre...* El pregonero repite la sentencia en mitad de la plaza, y luego se graba la misma sobre la tumba del difunto príncipe.

Me razonaron esta costumbre diciéndome que no hay modo de proceder contra el soberano en vida, sin turbar al Estado. Al príncipe se le debe ciega obediencia y respeto inviolable, bases del orden de la nación. Pero que, a su muerte, roto ya el compromiso, los súbditos recuperan su libertad y juzgan sus acciones y proceden en contra suya. Este paradójico, pero saludable principio, mantiene la seguridad estatal, sin mermar la autoridad de su máximo representante. Las censuras que solo recibe el príncipe después de muerto estimulan a su sucesor en el desempeño de la virtud.

Desde hace cuatrocientos años, según testimonio de su historia, aquel pueblo solo ha tenido dos príncipes merecedores del epíteto de *mediocre*. En sus tumbas se puede comprobar que casi todos merecieron ser llamados loables o no loables; el calificativo de mediocre, que se expresa por las palabras *Ripfac-si*, causa tal dolor a la familia del soberano, que tanto su sucesor como los demás de su sangre llevan luto seis meses. No se da el caso de que dicho sucesor impida a los jueces la divulgación de su adverso juicio, más bien él le sirve de aguijón para distinguirse por su cordura y virtuosa conducta llena de justicia y de dulzura, borrando de este modo la mancha caída sobre toda la familia... Logré conocer la razón que tuvieron los potuanos para llamar mediocre a uno de sus príncipes, el llamado Mékléta, que venció y subyugó al pueblo vecino con quien guerreó. Hay que tener presente que el pueblo subterráneo odia la guerra, aunque se comporte valerosamente en ella si se ve forzado a hacerla; prefieren un mediador que disuelva las rencillas. Mékléta optó por la lucha, y ella le arrebató el respeto y el amor de su pueblo.

Una rareza más, digna de atención, sin embargo. La vida de los árboles se divide en tres edades, y es en la tercera cuando están autorizados para actuar como doctores públicos. La primera edad se dedica a la instrucción en los negocios públicos; la segunda, a ejercer lo aprendido; la tercera se alcanza cuando, estando separados de sus funciones, instruyen a otros comunicándoles la sabiduría adquirida. Nadie puede enseñar sin haber envejecido en la administración de los negocios públicos, lo cual es muy sensato si se piensa que solamente la larga práctica faculta para dar lecciones.

No es que carezcan de buenos poetas los potuanos, pero cultivan poco la poesía. Sus versos solo difieren de la prosa en la dicción y en lo sublime del estilo. ¡Se burlaban de mí cuando les hablaba de la *rima* y del *pie*!

Entre los profesores de aquella nación hay unos que se llaman *de buen gusto*. Su misión es impedir que el espíritu de la juventud se diluya en futilidades, se publiquen obras triviales que estraguen el espíritu; y suprimir las escritas en contra del buen sentido. Semejante censura, y no otra, es digna de elogio.

Volviendo a lo que a mí se refiere, añadiré que vivía amargado con aquellos árboles, para quienes resultaba un sujeto digno de burla, «por mi ligereza de espíritu», soportando con escasa paciencia el sobrenombre que me adjudicaron de *Skabba*; esto es, *el aturdido*...

# III

## LOS GRANDES VIAJES DE KLIM

Ejerciendo durante dos años el nada descansado oficio de mensajero que me obligaba a recorrer todo el principado de Potu para llevar importantes despachos del Estado, acabó cansándome de tanta desagradable humildad por ello decidí solicitar un empleo más digno de mí, y hablé, sin éxito, varias veces al príncipe acerca de ello. A su entender, una cosa de mayor importancia sobrepasaría mis fuerzas... También me alegaban que las leyes del país no permitían que se emplearan gentes en cargos superiores a su capacidad. ¡Tendría que pechar con mi empleíto mientras mis méritos no me abrieran el camino hacia cargos de mayor consideración! Acabaron por desesperarme tantas negativas, y en vano me esforzaba por imaginar algo nuevo que fuera capaz de demostrar la superioridad de mi genio, lavando la mancha caída en mi honor.

Por lo menos estuve estudiando durante un año las leyes y costumbres del país, aplicando toda mi atención al descubrimiento de cualquier defecto que requiriera reforma. Participé mis cavilaciones a un zarzal, con el que mantenía estrecha amistad, y mi amigo no encontró disparatado mi deseo, aunque dudaba mucho de su utilidad al Estado. A su juicio era indispensable que el reformador conociera a fondo a los que intenta reformar, ya que una misma cosa produce distintos efectos según los distintos genios de los pueblos, como ocurre con las medicinas: que son buenas para unos y peligrosas para otros. Me recordó que me jugaba la cabeza, y que debía mirar por mí, puesto que el Senado decidiría entre mi vida y mi muerte, y que si mis proyectos resultaban condenados, perecería sin remisión. En fin, me suplicó ardientemente que no descuidara nada y que calculara bien todos los extremos. Le di la razón, pero no renuncié a mi designio de buscar algo útil al Estado y ponerlo en ejecución.

Entretanto, permanecí en mi empleo de correo, yendo de ciudad en ciudad y de provincia en provincia...

Gracias a mis correrías pude observar cuanto ocurría en el Principado y en los países vecinos; para no olvidar mis apreciaciones tomé nota de ellas, y, cuando reuní un volumen copioso, se lo ofrecí al príncipe. Tanto le gustó, qué elogió mi trabajo en pleno consejo, encargándome después que recorriera todo el planeta Nazar, descubriendo los países que desconocían los potuanos. Otra era la recompensa que yo esperaba, pero hube de conformarme con aquélla; al fin, yo estaba siempre ávido de novedades y me prometí que a mi regreso el príncipe aumentaría sus bondades... Esta esperanza me permitió tomar con calma el nuevo castigo que me veía obligado a cumplir.

El globo o planeta Nazar solo tiene doscientas millas, pero la lentitud de las naciones que lo pueblan transforma en inmensa esa distancia, que un potuano recorrería en dos años si hacía su viaje a pie; yo, gracias a la ligereza de mis piernas, solo necesitaba un mes. Menos mal que no tenía el inconveniente del idioma, pues ya advertí que todos hablaban el mismo aunque sus costumbres sí que fueran diferentes. Toda la especie arbórea era dulce, afable, sociable y benévola. Saberlo animó mi corazón para la empresa de recorrer el planeta confiadamente. Y ahora sé que parecerán inventadas por mí las cosas que voy a contar; sé que se juzgará mi relato como hijo de ficciones más o menos poéticas, ya que hablaré de cuerpos extraños de genios..., cuya diversidad no podría ser imaginada por las naciones más distantes unas de otras. Aquéllas a las que voy a referirme están en su mayoría separadas por brazos de mar y semejan un archipiélago; tales brazos de mar son muy poco frecuentados y los marinos que los surcan solo lo hacen a favor de los viajeros, ya que los naturales del país nunca rebasan los límites de sus provincias, y si es que se ven obligados a navegar regresan lo antes posible a fin de no detenerse largo espacio en otros climas. Esto hace que cada nación signifique un mundo diferente a los demás, tanto en sus tierras como en sus plantas y frutas; y a diversidad de materias, diversidad de habitantes. Esto no ocurre en nuestro mundo, donde el temperamento, las costumbres, las inclinaciones de las naciones, incluso de las más atrasadas solo difieren superficialmente, como nuestros suelos y nuestros frutos y legumbres, casi iguales las unas a las otras. Por eso nuestro globo no puede producir tantas criaturas heterogéneas como se ven en el planeta Nazar, donde cada porción de tierra posee sus cualidades peculiares.

A los extranjeros se les permite pasar de una provincia a otra, pero no que se establezcan fuera de su patria. Los países limítrofes al Principado de Potu se parecen mucho a éste. Sus habitantes tuvieron, antaño, grandes guerras con los potuanos y hoy son sus aliados, o, si fueron vencidos, siguen dulcemente sujetos a su dominio. En cuanto se atraviesa el canal o brazo de mar que corta al planeta por la mitad, ya se encuentran nuevos animales y nuevos mundos. Todo lo que guardan de común con el país de Potu es que también están habitados por árboles razonables que hablan la misma lengua, lo cual resulta sumamente cómodo a los viajeros como yo. Y ahora, después de este preámbulo que consideraba indispensable para evitar embrollos respecto de las cosas maravillosas que voy a contar, solo me detendré en relatar lo que vi más importante en las principales naciones. Ninguna guardaba semejanza con la otra en cuanto a su aspecto físico, trajes, genio...; todas se parecían a los potuanos en cortesía, sabiduría y seriedad.

*Provincia de Quamso.*— Se extiende sobre la orilla del canal y sus habitantes están libres de toda enfermedad, gozando todos de una salud perfecta hasta la extrema vejez. Y ello se me antojó la mayor felicidad del mundo. Pero apenas había vivido algún tiempo entre ellos comprendí que me engañaba. Si bien es verdad que ninguno entre ellos me pareció jamás triste, tampoco conocí a nadie que me pareciera perfectamente dichoso o con la menor apariencia de alegría. Así como nosotros no gozamos de la serenidad del cielo ni de la bonanza del aire sino después de haber experimentado el agobio de la niebla, aquellos árboles no advierten su dicha porque es continua y sin alteración.. Ignoran que están sanos, porque nunca estuvieron enfermos, y pasan su vida en una perpetua indiferencia... Los bienes continuos embotan a quienes los reciben, y son más dulces los placeres si se les mezclan unas gotas de amargura. Puedo, pues, asegurar que jamás encontré una nación menos regocijada, ni que tuviera una conversación más insípida y fría. No tiene, es verdad, malicia; pero no inspira amor ni odio, y de ella no se puede esperar ni favor ni injuria. Ni agrada ni desagrada. Por no haber tenido jamás la imagen de la muerte cerca, no siente la compasión, ya que no vio sufrir a nadie y pasa sus días en la seguridad y la indolencia, ignorante del celo y de la piedad. Las enfermedades nos recuerdan nuestra mortalidad, nos inducen a bien morir y son como una especie de vanguardia que nos advierte que debemos prepararnos para el viaje sin vuelta; nos afligen, sí, pero nos enseñan a compartir los sufrimientos del prójimo, empujándonos a la caridad y contribuyendo a hacernos sociables. ¡Cuán injustamente nos quejamos al Creador, cuando nos vemos obligados a sufrir ciertas aflicciones que, en el fondo, nos son saludables y ventajosas! No quiero olvidarme de consignar que siempre que aquellos árboles van a otra provincia, se ven sujetos a las mismas enfermedades que los demás; ello indica que su clima y su alimentación son los que les proporcionan el beneficio de que gozan, ¡si es que se le puede llamar beneficio a eso!

*Provincia de Lalac.*— Llamada también *Mascatta*, esto es, *Afortunada*, me pareció espléndida. Sin embargo, los lalacianos no son más dichosos que los de Quamso, pues como no tienen necesidad de trabajar para vivir, pasan sus días en una muelle ociosidad y en una blanda pereza que les resulta fuente inagotable de enfermedades. Pocas son las gentes entre ellos que no mueren prematuramente, sujetos como están a la putrefacción y a la gangrena La naturaleza de aquel país me convenció de que son más felices todos aquellos que viven de su trabajo que los que viviendo del trabajo ajeno se duermen en el seno de la pereza y de la voluptuosidad, de donde nacen tantos malos deseos y desesperadas resoluciones que producen tantas muertes violentas como tienen lugar en aquel país. La abundancia en que todos viven, quitando el gusto por los placeres acaba enemistando con la vida. Así, esta región que en un principio tomé por la de los bienaventurados, acabó pareciéndome un lugar de tristeza mucho más digno de lástima que de envidia.

*Provincia de Mardak.*— Los habitantes de aquí son todos cipreses de la misma forma y estatura; se distinguen entre ellos por la diferencia de sus ojos. Algunos los tienen alargados; otros, cuadrados. Hay quien los tiene pequeños y quién grandes hasta ocuparles toda la frente. A veces hay quien nace con dos ojos, con tres y hasta con cuatro, mientras a alguno se le tomaría por descendiente de Polifemo salvo que el gigante tenía su ojo en medio de la frente y éste lo lleva detrás de la cabeza. Semejante diversidad de ojos dio lugar a que este pueblo se dividiera en tribus, cuyos son estos nombres: *Nagires*, los que tienen los ojos alargados y que, en consecuencia, ven alargados todos los objetos; *Naquires*, de ojos cuadrados; *Talampes*, de ojos pequeños; *Jarakes*, que tienen dos, uno de los cuales bizquea; *Méhankes*, que tienen tres; *Terrafukes*, que tienen cuatro; *Harrambes*, cuyos ojos les invaden la frente; y *Skal-dolkes*, con un solo ojo situado detrás de la cabeza.

La más numerosa, y por ende más poderosa de estas tribus, es la de los nagires, cuyos ojos alargados les hacen ver así todo lo que miran. De esta tribu salen los senadores, prelados, y cuantos componen la regencia de la República. Solo ellos tienen derecho a tomar parte en el gobierno, sin que sea admitido a los cargos públicos ningún particular de las demás tribus, a menos que confiese que cierta mesa consagrada al sol y situada sobre el lugar más alto de un templo, le parece larga como a los nagires y confirmándolo con su juramento. Esta mesa es el principal objeto del culto de los mardakanos. Debido a ello los ciudadanos que sienten sentimientos religiosos, no quieren mancillar su conciencia con el perjurio, prefiriendo ser excluidos de todo empleo público. Y no es este el mayor inconveniente que padecen, sino que se ven obligados a soportar mil amargas burlas y persecuciones, ya que, aunque apelen al testimonio de sus ojos, no se les concede ninguna atención, imputándose a malicia o capricho lo que no es más que una determinación de la naturaleza. He aquí la fórmula del juramento que se debe prestar si se quiere aspirar a algún puesto: KAKI MANASCA QUI-HOMPU MIRIAC IAKU MESIMBRII CAPHANI CRUKKIA MANASKAR

SUEBRIAC DRUSUNDORA. O sea: *Juro que la Santa Mesa me parece alargada y prometo permanecer firme en este parecer hasta el último soplo de mi vida.* Los que prestan este juramento son declarados aptos para ocupar empleos públicos incorporándose a la tribu de los nagires.

Al siguiente día de mi llegada, cuando me paseaba por la plaza pública, vi a un anciano al que se iba a azotar y que era seguido por una multitud de cipreses que le maldecían y llenaban de injurias. Me informé de lo que aquel miserable había hecho y supe que se le acusaba de herejía, por haber enseñado públicamente que la Mesa del Sol le parecía cuadrada, persistiendo en tan diabólica opinión, a pesar de las frecuentes advertencias que se le hicieron...

Sentí, naturalmente, curiosidad por conocer el Templo del Sol y comprobar la ortodoxia de mis ojos. Examiné la mesa sagrada y la encontré cuadrada. Así se lo confié a mi huésped aquella misma tarde, y él me dijo que opinaba lo mismo, pero que no se atrevía a decírselo a nadie por temor a las represalias. Visto lo cual decidí marcharme de la ciudad, no fuera a pagar mi espalda el crimen de mis ojos, cazándoseme vergonzosamente como a un herético. Nada encontré tan bárbaro como la ley que excluye de las dignidades a todos los que no pueden vencerla por medio del perjurio y del disimulo. Cuando regresé a Potu no me cansé de invectivar contra la cruel República de Mardak. Hablando en una ocasión con cierto enebro muy amigo mío, al verme indignado y rencoroso contra los mardakanos, me contestó que también a él le parecía su conducta extravagante; pero que a mí no debería sorprenderme tanta crueldad a cuenta de una diferencia de ojos, ya que yo mismo le había referido que entre los europeos existían otras tribus dominantes que dictaminaban hierro y fuego para los que no estaban de acuerdo con ellas, a cada cambio de gobierno.

Enrojecí, la verdad, oyendo al enebro; y desde ese día aprendí a ser tolerante y suave en mis juicios para los que considero en el error.

*Principado de Kimal.*— Pasa por ser muy poderoso, gracias a sus abundantes riquezas minas de plata y oro que arrastran las arenas de sus ríos, y perlas que les proporciona el mar. Sin embargo, allí me persuadí de que la verdadera riqueza no es el dinero, sino la felicidad a que éste no contribuye. Todos los habitantes de Kimal eran mineros, lavadores de oro o nadadores atenazados por el afán de lucro y condenados a la continua esclavitud y trabajo que entre nosotros solo sufren los criminales. Pues es el caso que los kimalianos, dueños ya de innumerables riquezas, no prescinden del esfuerzo de buscarlas y, cuando lo hacen, ya solo se ocupan de guardarlas. El país entero se encuentra infestado de ladrones, que hacen precisa la escolta para andar por los caminos. Aunque sus vecinos la envidian, a mí me inspira compasión la pobre nación. ¿Hay gente más desdichada que la que se pasa la vida con sospechas y desconfianzas? ¡Pues he ahí el destino de los pobladores del Principado de Kimal, siempre temerosos los unos de los otros, mirándose como enemigos que se intentan arrancar sus bienes, no durmiendo allí nadie en paz! No me resultó fácil, no, salir de allí; los guardas que vigilan las rutas me preguntaban a cada paso mi nombre y el objeto de mi viaje, teniendo que contestar a todas las requisitorias que hacen a los viajeros las naciones desconfiadas.

*Reino de Quamboia.*— Todo lo que vi aquí me pareció sorprendente. La naturaleza invirtió su orden en este reino, ya que los habitantes suyos, conforme avanzan en edad, se hacen más inquietos, voluptuosos y lascivos. En una palabra, poseen los defectos de la verde juventud. Por esto, a nadie mayor de cuarenta años se le designa para ocupar puestos. Vi ancianos canosos que saltaban y pirueteaban como niños por las calles, y vi a esos mismos vejetes castigados por jóvenes que les empujaban a sus casas, látigo en mano. En mitad de una plaza, un viejo decrépito bailaba una peonza; en sus jóvenes años fue uno de los personajes más importantes de la nación, ocupando el cargo de presidente del Gran Consejo.

Aquel trastorno alcanzaba también al sexo femenino; por eso el adolescente que desposa a una mujer mayor que él se expone a la suerte de Acteón, diametralmente opuesta a lo que entre nosotros ocurre. Un día encontré a dos personajes viejísimos cruzando sus espadas en el mercado y, sorprendido ante semejante ardor en personas de su edad, indagué la causa del duelo, para saber que era por culpa de la joven cortesana a quien amaban los dos. Los que me lo contaron añadieron que si los tutores de los decrépitos pecadores llegaran a conocer sus diferencias, acudirían a zurrarles de lo lindo. Aquella misma noche se difundió el rumor de que una dama muy anciana se ahorcó desesperada por recibir la repulsa de un joven al que cortejaba... Tamaña inversión del orden natural atrae consigo la de las leyes civiles. En el capítulo del reglamento referido a la tutela se ordena que toda persona mayor de treinta y nueve años no pueda encargarse de ninguna administración de bienes; los contratos

se declaran nulos si una de las partes ha cumplido
cuarenta años, a menos que sean refrendados por sus
tutores o sus hijos. En el capítulo de la subordinación
se dice *que los viejos y las viejas deben obedecer las órdenes de
sus hijos.* Toda persona es desposeída de su cargo, si lo
tiene, al llegar a los cuarenta años. Estimé que no me
convenía seguir en un país donde, si viviera diez años
más en él, me vería obligado a volverme niño.

*Cockleku.*— En este país me sorprendió una costumbre que los europeos condenarían en el acto. Se trata
de una inversión del orden que no afecta a la naturaleza, sino a las leyes. Todos los habitantes de Cockleku
son enebros de ambos sexos, pero los machos son los
que cocinan y verifican las demás funciones penosas e
inferiores. Militan en tiempos de guerra, pero rara vez
alcanzan otro grado que el de simple soldado; algunos
llegan a abanderados, y ése es el más alto rango que
pueden ocupar los árboles masculinos. Las hembras
están en posesión de todas las dignidades, tanto civiles
como militares y religiosas. En otra ocasión me burlé
yo de los potuanos porque en su distribución de cargos
no observan diferencia entre los sexos, pero ahora creí
seriamente que este otro pueblo llegaba a diabólico, ya
que era imposible aceptar la indolencia de los machos

que, disponiendo de la ventaja de su fuerza, se dejaban imponer tan indigno yugo, pudiendo tolerar semejante ignominia durante tantos siglos, ¡cuando tan fácil les hubiera sido liberarse de la vergonzosa tiranía! Pero de tal modo les ciega la costumbre, que a ninguno se le pasa por la cabeza hacerlo, imaginándose al parecer que la naturaleza quiere que gobiernen las mujeres, zurren a sus maridos, les hagan moler el grano, barrer la casa, coser, tejer, etc., etc. Y he aquí la razón que sirve a las mujeres para justificarse que la Naturaleza ha dado a los machos la fuerza del cuerpo, queriendo con ello destinarlos a las funciones más penosas e inferiores.

Los extranjeros que visitan aquel país se asombran al ver a las mujeres escribiendo en sus despachos, mientras sus maridos se ocupan de lavar la vajilla en la cocina. Yo, por mi parte, me admiraba que siempre que acudía a una casa para hablar con su dueño era advertido de que lo encontraría en la cocina, donde, efectivamente, se hallaba. Y pude comprobar los horribles efectos de tan villanas costumbres; pues así como en otros lugares se ven a mujeres desvergonzadas y lascivas que ofrecen sus cuerpos en público; o se prostituyen por dinero, aquí los varones son los que venden sus favores y hasta se acomodan en casas de perdición, cuyos fines se conocen gracias a los rótulos de sus puertas.

Cuando esos árboles se exceden en su desvergüenza, practicando el infame tráfico con abusiva libertad, son llevados a prisión para azotarles, ni más ni menos que lo que ocurre a las prostitutas entre nosotros.

En cambio, las mujeres maduras y jóvenes caminan sin temor, miran de frente a los varones, les hacen guiños, les provocan, les llaman les importunan, les envían versos amorosos... Hablan enfáticamente de su lubricidad y refieren los galanteos que han tenido con tarta satisfacción como nuestros profesionales en el relato de sus buenos lances. En este país no está mal visto que las muchachas envíen billetes amorosos a sus amantes, les hagan regalos, aunque sí lo sería para los adolescentes si se rindieran al primer intento; éstos deben guardar el decoro y hacerse rogar.

Durante mi permanencia allí ocurrió un caso que produjo gran revuelo. Se trataba del hijo de un senador violado por una joven. En todos sitios oí a los muchachos amigos de aquel que citarían a la joven ante la justicia para obligarla a reparar con la boda la afrenta causada a su amigo. Se trataba de un hombre al que no se le podía hacer el menor reproche en su vida amorosa. Tuve que gritar para mis adentros «¡Oh, tres y cuatro veces, dichosa Europa, y particularmente dichosas Francia y Gran Bretaña, donde el sexo débil responde a su nombre, y en donde las esposas obedecen las órdenes y la voluntad de sus maridos, aunque en verdad ellas parezcan máquinas y autómatas, mejor qué seres en posesión del libre albedrío!»

Mientras estuve entre los enebros no me atreví a criticar sus costumbres; pero en cuanto me fui expresé mis sentimientos a dos otros árboles, asegurándoles cuánto me había chocado ver a las mujeres en el timón de los asuntos, cuando por derecho y consentimiento general de todos los pueblos es el sexo viril el solo indicado para las grandes cosas. Me arguyeron que la debilidad que yo creía existir en las mujeres procedía de su educación, como se demostraba en Cockleku, gobernado por ellas gracias a su capacitación, y en donde la ligereza, charlatanería y aturdimiento eran propios de los varones y no de las hembras. Nada sirvió para calmar mi indignación, que me indujo —como más adelante diré— a una actitud que me atrajo la desgracia, ya que entonces concebí una profunda aversión contra el orgullo de las mujeres.

Entre los edificios suntuosos de la ciudad destacaba el Real Serrallo, con trescientos mozalbetes de extraordinaria belleza al servicio de la reina...

*País de los Filósofos.*— Recibió este nombre porque sus habitantes se encuentran metidos siempre en profundas especulaciones y sutiles estudios filosóficos. Deseaba vivamente conocer esta región, que me imaginaba como Centro de las Ciencias y verdadera Mansión de las Musas. No es que esperara encontrar allí campos o prados, «sino jardines sembrados con las más brillantes flores». Y entregado a esta idea apresuraba mis pasos contando los minutos que me faltaban para llegar. Sin embargo, los caminos por donde pasaba eran pedregosos y estaban sembrados de agujeros y de fosos, de tal manera, que lo mismo andaba sobre un terreno escabroso que me veía obligado a atravesar pantanos de los que salía cubierto de lodo. Procuraba consolarme de todo aquello pensando que no se va al Cielo sino por los atajos. Había luchado más de una hora contra nuevas dificultades cuando vi a un campesino, al que pregunté cuánto me quedaba aún para llegar a Mascattia o País de los Filósofos.

—Preguntadme mejor —replicó— cuánto os queda para salir de él, porque os halláis en el centro del país.

—¿Cómo puede ser un país habitado por filósofos lo que parece un antro de bestias salvajes, en lugar de mansión de criaturas razonables? —argüí.

—El país estaría en mejor estado si sus habitantes no se entregaran a las divagaciones; pero como tienen su espíritu prendido a los astros, porque buscan un

camino para llegar al Sol... Hay que perdonarles que
descuiden su país pues no se puede repicar e ir en la
procesión al mismo tiempo —me contestó.

Seguí, pues, mi ruta y llegué a Caska, capital de la
región citada. En sus mismas puertas vi, en lugar de
centinelas, ocas, gallinas y nidos de pájaros, y telas de
araña en las murallas. Los filósofos y los puercos se
paseaban mezclados por las calles, diferenciándose a
malas penas, ya que todos iban cubiertos de fango y
de cagarrutas. Los filósofos arrastraban mantos cuyo
color jamás pude distinguir, tal era la suciedad que
los anegaba. Uno de ellos se dirigía hacia mí, y le dije:

—Maestro, por favor: ¿cómo se llama esta ciudad?

Entonces él se detuvo y, quedándose inmóvil, como
si tuviera el ánima separada del cuerpo, levantó los
ojos al cielo y gritó:

—¡No está lejos el Mediodía!

Respuesta tan insensata, que denotaba el extraño
desorden de su espíritu, me convenció de que es preferible estudiar poco a delirar por exceso de estudios.

Penetré en la ciudad confiando en hallar algún
hombre o animal razonable. El mercado era amplio y
estaba adornado con estatuas y columnas cubiertas
de inscripciones. Al aproximarme para ver si me era
posible descifrar alguna, sentí correr por mi espalda

algo húmedo y caliente... me volví para averiguar de dónde procedía aquella lluvia cálida y encontré a un filósofo, que iba tan entregado a sus meditaciones que pudo tomarme por una estatua de aquellas sobre las cuales estaba habituado a verter sus necesidades. Yo, indignado ante semejante injuria, y aún más viendo que el filósofo se me reía en las barbas, le solté una bofetada para que volviera de sus nubes. En ese momento él me cogió por los cabellos y me arrastró por el mercado. Viendo que su cólera no se disipaba, intenté aplacarlo diciéndole que ya estábamos en paz, pues si yo le había abofeteado, él me había arrancado los cabellos. Inútil todo. Luchando el uno contra el otro nos caímos al suelo, trabados, mientras acudían otros filósofos, que se arrojaron golpeándome, uno tras otro, con sus gruesos bastones. A punto estaba de entregar mi alma, cuando, más cansados que calmados, me llevaron a una gran casa, cuyo umbral me negué a pisar; pero ellos me ataron una cuerda al cuello y me entraron tirando de mí como de un perro aullante, para dejarme tirado en el suelo.

Todo se hallaba en extremo desorden allí, como mis verdugos; les conjuré a fin de que depusieran su cólera y me tuvieran compasión, encareciéndoles cuán poco glorioso resultaba para gentes entregadas al estudio de la filosofía y de la sabiduría portarse como bestias feroces al abandonarse a transportes contra cuyo ejercicio protestaban ellos mismos sin cesar. Pero hablaba a sordos, pues el filósofo que me rociara la espalda recomenzaba a cada paso su combate, golpeándome obstinadamente como a un yunque. ¡Solamente mi muerte le podría aplacar! Entonces comprendí cuánto odio me profesaba, y que no hay ninguno comparable al que pueden sentir los filósofos que aunque especulan acerca de la belleza y de la virtud, no se toman la molestia de practicarlas.

¡Y todavía llegaron cuatro filósofos más! La forma de sus mantos indicaba una secta particular. Con gesto y voz apaciguaron aquel horrible tumulto, pareciendo compadecerse del triste estado en que me veían. Después de hablar a cada uno de los furiosos, me transportaron a otra casa; me alegré de haber escapado de las manos de los insensatos y de caer entre gentes honradas. A ellas les conté la causa del zafarrancho, y ella les hizo reír. Me informaron de que los filósofos solían vaciar su vejiga en el mercado mientras se paseaban, y que era presumible que mi agresor, hundido y absorto en sus meditaciones, me hubiera tomado por una estatua... añadieron que aquel personaje era un astrónomo de gran renombre, y que los que me golpearon sañudamente eran profesores de filosofía moral... Escuché todo lo que me decían, creyéndome fuera de peligro ya, pero acabé alarmándome al advertir la atención con que me examinaban mis bienhechores, cuyas preguntas menudeaban acerca de mi patria, generó de vida, objeto de mi viaje... En fin, las impresiones qué aquella gente cambiaba entre sí después de oírme acabaron de llenarme de sospechas. Y fue peor cuando me condujeron a una sala de anatomía, repleta de basura maloliente.

Hasta entonces creía hallarme en una cueva de ladrones; pero los instrumentos que veía colgados de las paredes me sacaron de tal idea, y comprendí que mi huésped era médico o cirujano. Haría una media hora que me encontraba en aquel horrible calabozo, cuando vi entrar a una dama que me llevaba un almuerzo preparado por ella misma. Parecía muy buena y compasiva. Después que me hubo contemplado atentamente, comenzó a exhalar profundos suspiros, cuya causa inquirí.

—¡Ay! —me contestó—. Lo que me hace suspirar es vuestra futura suerte. Estáis en una casa honrada, ciertamente, pues mi marido es físico oficial de la ciudad y doctor en medicina. Los que visteis a su lado son colegas suyos. A todos les ha maravillado vuestra figura y han resuelto examinar vuestros ocultos resortes y escudriñaros las entrañas. En una palabra disecaros, para ver si pueden hacer por vuestro medio algún descubrimiento útil a la anatomía.

Comprenderéis que semejante noticia me aturdiera. Mí corazón se puso a latir locamente y grite:

—¿Cómo os atrevéis a llamar honrados a semejantes desalmados, sin el menor escrúpulo para abrir el vientre de un inocente que jamás les causó el menor daño?

Pero ella me contestó que, aunque yo tenía razón en lamentarme, olvidaba que todo lo que sufriría era en bien público y para enriquecer a la anatomía... Le reproché que se burlara dé mí y aseguré que hubiera preferido caer en poder de una banda de ladrones, los cuales me habrían despachado en cinco minutos y no me hubieran hecho sufrir una disecación por manos de una gente tan honrada. A renglón seguido me arrojé a los pies de la mujer, suplicándole, con lágrimas en los ojos, que intercediera por mí. Me replicó que su intercesión me serviría de muy poco frente a los decretos de la Facultad, que generalmente eran irrevocables, pero que intentaría sustraerme a la muerte por otro medio... Y, diciéndolo, me cogió de la mano y me hizo descender una escalera secreta, acompañándome hasta las puertas de la ciudad. Quise despedirme entonces de mi bienhechora, ligeramente repuesto de mi temblor, pero ella interrumpió mis protestas de agradecimiento para decirme que no me abandonaría hasta que estuviera totalmente seguro, y siguió acompañándome sin que yo me opusiera. Mientras caminábamos juntos nos pusimos a discurrir acerca de los filósofos, y ello fue motivo para que la buena señora me hiciera un cumplido que no me agradó, ya que me dio a entender que ella exigía de mí un servicio, que estaba por encima de mis fuerzas, para demostrarle mi gratitud. Me expuso patéticamente la triste suerte de las mujeres de su país teniendo por maridos a los pedantes filósofos, siempre hundidos en sus estudios y descuidando sus deberes conyugales...

—Tengo que lamentarme ante vos —me decía— de lo que sería nuestra vida si algún honrado viajero no consolara, al pasar, nuestros males, aportando, alguna que otra vez, remedio a nuestros sufrimientos.

Como es lógico, me hacía el sordo ante semejante arenga, fingiendo no comprender su objeto e intentando apresurar el paso. Mi frialdad no hizo más que inflamarla, y entonces me reprochó mi ingratitud, hasta el punto de que, como yo avanzaba sin dignarme a contestarle, me cogió por el faldón de mi manto, esforzándose por detenerme. Utilicé la escasa fuerza que me quedaba para desprenderme de aquella mujer;

la ventajaba en agilidad, lo cual me llevó pronto lejos de sus ojos. Estaba furiosa y gritaba a voz en cuello: «Kaki Spalaki», es decir, «perro ingrato». Pero yo recibía sus injurias con sangre fría espartana, considerándome muy dichoso de haberme liberado ya de todos ellos y verme lejos del país de los sabios, cuyo recuerdo aún me pone los pelos de punta.

*Provincia de Nakir.*— Su capital tiene el mismo nombre, y no puedo contar gran cosa de ella porque la pasé rápidamente, ya que estaba cerca del País de los Filósofos y ansiaba llegar a lugares menos interesados por la filosofía y, sobre todo, por la anatomía. Tan enorme era mi temor, que preguntaba a todo el que encontraba en mi ruta si era filósofo. Los cadáveres y los instrumentos de cirugía no se apartaban de mi vista.

Los habitantes de Nakir me parecieron muy afables: todos se esforzaban en ofrecerme sus servicios, haciéndome protestas acerca de su probidad; ello me parecía ridículo, ya que yo no había manifestado ninguna sospecha ni puesto en duda aquella probidad, cuyas protestas siguieron interminablemente. Cuando, por fin, salí de aquella ciudad, me tropecé con un viajero que me preguntó de dónde venía, y al decírselo me felicitó por haber escapado sano y salvo; me aseguró que los habitantes de Nakir eran maestros de bribones y de pícaros, y que poseían el arte de desollar a los transeúntes, echándolos de allí a continuación. Le contesté que, si los efectos respondieran a las palabras, deberían ser las gentes más honradas del mundo, ya que tanto se empeñaban en asegurar su probidad por medio de infinitos juramentos. El viajero se sonrió al oírme.

—¡Guardaos —me advirtió—, guardaos de todo el que se envanezca de su virtud, y, sobre todo, de los que se empeñan en convenceros!

Sus palabras se grabaron en mi mente, y en muchas ocasiones he comprobado la razón del viajero.

*País de la Razón.*— Después de atravesar toda la provincia de Nakir, llegué a las orillas de un lago, cuyas aguas eran amarillentas. En ellas flotaba un navío de tres filas de remos que, por un módico precio, llevaba a los viajeros al País de la Razón. Convine mi pasaje, entré en el barco y atravesé con gusto el lago en aquel navío, que, cómo antes dije, bogaba sin auxilio de nadie. Los remos se agitaban por medio de resortes y surcábamos las ondas con asombrosa rapidez.

Apenas pisé la orilla opuesta cuando fui abordado por un tipo de los que se encuentran en todos los puertos para el servicio de los viajeros, haciéndome conducir por él a la Ciudad de la Razón. Durante el camino me fue informando de cuanto a ésta se refería, así como de las costumbres de sus habitantes. Supe que todos eran lógicos y que la ciudad era la verdadera mansión de la Razón, cuyo nombre merecía. Pude comprobar la verdad de lo anunciado; cada uno de sus ciudadanos parecía un senador por su talento y la regularidad y gravedad de sus costumbres. Alcé mis manos al cielo, exclamando:

—¡Oh tres veces dichosa la tierra que solo produce Catones!

Sin embargo, cuando examiné más detenidamente el estado de la ciudad percibí que reinaba mucho descuido en ella, y que por falta de locos languidecía... Aquellos ciudadanos todo lo someten al buen sentido y no se dejan deslumbrar por las bellas promesas, ni por los hábiles discursos, ni por los vanos honores, saludables medios todos ellos para estimular a los seres a fin de que acometan empresas ventajosas para el Estado sin que nada cuesten al tesoro público. Nada de eso existe en aquella república. Los defectos inherentes al excesivo discernimiento me fueron especificados por cierto ministro de finanzas, cuyas palabras voy a resumiros:

«Los árboles solo se distinguen entre ellos por su nombre y figura. No existe emulación entre nuestros ciudadanos porque no existe diferencia entre sus caracteres. Ninguno parece sabio, porque lo son todos. Quizá la locura no sea tan grave defecto como se cree. Cada ciudad debe tener tantos sabios como cargos públicos. Y se necesita gente que gobierne y gente que se deje gobernar. Lo que los dirigentes de otras naciones consiguen por medio de bagatelas y chucherías aquí tenemos que hacerlo con sólidas recompensas que agotan nuestras reservas. Por cada servicio prestado al Estado los sabios quieren recoger buenos frutos, mientras los locos se conforman con cáscaras. Los honores y los títulos son anzuelos para cazar insensatos, animándoles al desempeño de trabajos difíciles; pero no sirven para la gente que cree que solo se pueden adquirir auténticos honores y estimación pública por medio de la virtud y el mérito verdadero, no aceptando, en consecuencia, que les hagan promesas. Posiblemente, la idea que tienen vuestros guerreros de que la historia hablará de sus proezas les anime a correr los máximos riesgos para salvar a su patria. Los nuestros consideran todas esas frases como hueras: *¡Morir por la patria... Vivir en la historia...!* Les parece absurdo alabar a quienes no pueden oírse alabar. Paso en silencio algunos otros inconvenientes que resultan de toda esta crítica, y que demuestra que en un Estado bien organizado es preciso que la mitad de los ciudadanos divague. La locura es, con respecto a la sociedad, lo que el fermento con relación al estómago: poco o mucho nos ocasiona enfermedades.»

Oí todo aquello con gran asombro, y como días después me ofreció el Senado la ciudadanía si quería fijar mi residencia en la ciudad, me encontré en la extraña confusión de que sospecha que aquella invitación pudiera proceder de la opinión de loco en que se me tenía, lo cual les hacía mirarme como un fermento favorable al Estado languideciente por exceso de sabiduría... Confirmó mis recelos el rumor que se difundió por entonces, según el cual la república enviaba un gran número de ciudadanos a las colonias, y para reemplazarlos importaba otros tantos locos de las vecinas naciones... ¡No necesité más para salir de la razonable ciudad! Durante mucho tiempo retuve en mi memoria el axioma de aquel ministro: «En un Estado organizado deben divagar la mitad de sus ciudadanos».

*Cabac.*— Partí, pues, del País de la Razón y recorrí varias regiones que no mencionaré por su escasa importancia. Cuando llegué a Cabac comprendí que no se habían agotado las maravillas del planeta Nazar. Aquí descubrí prodigios que sobrepasan a toda credulidad.

Entre los habitantes de este país los hay sin cabeza, acéfalos. Hablan por una boca que tienen en medio del estómago, y este defecto natural les excluye de todo empleo importante para el cual sea precisa la cabeza. Los cargos a que pueden aspirar en la corte son los de chambelanes, jefes de comedor, guardianes del Gineceo... en una palabra, todos aquellos empleos en cuyo desempeño no es preciso tener cabeza. A veces, el Senado recibe a algunos de ellos en razón de los méritos de sus padres y por amistad del magistrado, cosa que se puede hacer alguna que otra vez sin lesionar al Estado. Por experiencia se sabe que toda la autoridad magistral reside íntegramente en unos pocos senadores, y que los demás les acompañan para completar la Asamblea y refrendar las resoluciones tomadas por los anteriores. En el tiempo en que yo visité Cabac formaban parte del Senado dos asesores nacidos sin cabeza, que, sin embargo, poseían la confianza de los senadores con ella, aunque carecían de juicio, por su natural defecto, prestaban su consentimiento a todos, siendo los más dichosos entre sus colegas, ya que era contra ellos contra quienes descargaba su bilis el pueblo, sin aludir a los acéfalos. Todo ello demuestra las ventajas que tiene para un senador carecer de cabeza... En todo lo demás, Cabac no cede en nada a las otras ciudades del mundo; tiene corte, universidad y templos magníficos. Al salir de ella anduve vagando por otras dos regiones.

*Cambare* y *Spelek.*— Los habitantes de ambas son tilos, y difieren en que unos viven cuatro años a lo sumo, mientras los otros alcanzan los cuatrocientos. El estado de Spelek me pareció más feliz que el de Cambara, aunque luego vi que estaba equivocado. Los cambarianos adquieren la madurez del cuerpo y del espíritu pocos meses después de su nacimiento, bastándoles un año para formarlos y perfeccionarlos. El tiempo que les queda por vivir lo emplean en prepararse para la muerte. Aquel pueblo recuerda el espíritu de la *República* de Platón, en donde las virtudes se llevan al grado máximo de perfección. Los cambarianos tienen ante su espíritu, constantemente, la brevedad de la vida; y, estando pendientes siempre de tal idea, miran este mundo como puerta que da acceso a la otra vida. La imagen del porvenir excluye de su mente la idea del presente; sienten profunda indiferencia por los bienes terrenales y solo aspiran a asegurar el verdadero tesoro, que es la recompensa de la virtud, de la piedad y de la buena reputación. ¡Parecía habitado por ángeles aquel país! O ser la indiscutible escuela de la sabiduría, donde la piedad era enseñada con eficacia. Esto servirá para juzgar cuán injustos son los que se quejan de la brevedad de la vida, que le reprochan a Dios; es corta porque la pasamos entre placeres, pero sería larga si hiciéramos mejor uso de ella.

En Spelek, que se vivía por encima de los cuatrocientos años, comprobé todos los vicios que se ven reinar entre los hombres. Sus habitantes solo piensan en las cosas presentes, como si fueran eternas y nunca hubieran de abandonarlas. Un inconveniente más de tan dilatada existencia apenaba a los que habían perdido sus bienes, o se habían quedado tullidos, o padecían dolencias largas y dolorosas..., que se daban la muerte a sí mismos para librarse de su miseria. Ello no ocurriría si se murieran antes, de modo natural.

Tanto un pueblo como el otro fueron dignos de mi reflexión, pues me asombraron y me agobiaron con mil cavilaciones filosóficas.

*País de los Inocentes.* o *Spalank.*— El humor pacífico y la inocencia de los habitantes de este país les ha hecho merecer tal nombre. Todos son nísperos y mortales felices por estar desprovistos de pasiones y, en consecuencia, de defectos. Más que por leyes se gobernaban por inspiración. La envidia, la cólera, el orgullo, el amor por la falsa gloria no caben en aquella nación. No conocen más ciencias que la teología, la física y la astronomía. Desconocen las artes. Y si bien no encontré vicios, tampoco cortesía. Más me pareció andar por una selva que en una sociedad. Me puso confuso todo aquello, por no saber qué sería lo mejor para los seres. Mientras tanto, un día que caminaba distraídamente tropecé con una piedra y me lesioné la pierna izquierda, que se me inflamó rápidamente. Un campesino que me vio en semejante estado acudió a mí con cierta hierba que aplicó sobre la parte enferma, curándomela en el acto. Ello me hizo pensar que aquella gente era versada en curaciones, y acerté. El número de sus estudios es sumamente limitado y, como se conforman con profundizar en ellos sin extenderse a otras materias, llegan a la sabiduría en su especialidad. Agradecí, pues, a mi médico el servicio que me acababa de prestar, rogando a Dios que lo recompensara. Aquel campesino me habló con tanto juicio, serenidad y piedad, que, aunque sus términos fueran rústicos, lo creí un ángel que se me aparecía bajo forma de árbol! Comprendí entonces con cuánta injusticia nos desencadenamos contra los estoicos que no desean nada ni se afligen ni regocijan con nada, acusándolos de llevar una vida perezosa e inútil. ¡También comprendí lo equivocados que andan aquellos que admiten la necesidad de ciertos vicios entre los mortales, por creer que la cólera agudiza la fuerza; la emulación, la industria, y que la desconfianza es madre de la prudencia! Nadie olvide que de un huevo malo solo puede salir un cuervo.

*Provincia de Kiliac.*— Aquí nacen con ciertas señales en la frente que determinan el número de años que han de vivir. Me parecieron más afortunados que los demás mortales, puesto que la muerte no les podría sorprender inopinadamente en mitad de sus pecados. Pero como todos conocían el día de su muerte, remitían su penitencia a tal fecha, de modo que si se hallaba algún personaje honrado era porque las señales de su frente indicaban que estaba viviendo sus últimas horas. Vi una enorme cantidad de árboles que caminaban con la cabeza baja y contando con los dedos días y minutos que les restaban de vida, desesperados, lo cual me hizo agradecerle al Creador su sabiduría ocultando al resto de los mortales la hora de su muerte.

*Askarac.*— Después de este país llegué a la orilla de un canal cuya agua era negra; la surqué en un esquife y pisé

la provincia de Askarac, que contenía horribles monstruos. Pues si en Cabac, hay gente sin cabeza, aquí la
había que tenía hasta siete. Aquellos septacéfalos son
prodigio de ciencia. Hubo un tiempo en que el pueblo
sentía por ellos veneración religiosa. Los hombres del
gobierno salen de entre ellos, y como estos regentes tienen tantas ideas como cabezas no hay cosa que no ensa-
yen semejante cantidad de empresas y de plurales ima-
ginaciones en una sola persona, embrolla sumamente
todos los asuntos. Consecuencia: que la confusión alcanza tal nivel que se necesitan siglos para desenrollar
el lío sembrado en los negocios estatales por los demasiado hábiles magistrados. Fue sensato el decreto que
prohibía, por fin, que se mezclaran en asuntos públicos
los septacéfalos, reservándoselos a los seres sencillos
de una sola cabeza. Este decreto marcó el punto del
decaimiento de los que hasta entonces fueron reveren-
ciados como dioses. ¡Si los cabaques son inútiles para
el gobierno por faltos de cabeza, estos otros se encuentran en el mismo caso por abundancia de cabezas! A lo
más que llegan ya es a servir de espectáculo yendo de
un lado para otro. ¡Cuánto mejor es que la Naturaleza solamente provea de una buena y sólida cabeza! Sí
que llegué a conocer a unos dos o tres septacéfalos que
estaban empleados, pero lo fueron después de dejarse

amputar seis cabezas para reducirlos al común sentido y evitarles confusión de ideas. Algo semejante hacemos nosotros con los árboles, podándolos para que crezcan mejor. El dolor y el peligro de muerte hacen poco popular ni frecuente la citada amputación.

*Principado de Bostanki.—* Los habitantes de este país difieren poco de los potuanos exteriormente, aunque sí en su organización interna. Imaginaos que esta gente tiene situado el corazón en el muslo derecho, por lo cual se puede decir de ellos que llevan el corazón en los calzones. Al llegar a Bostanki y pretender descansar y almorzar en un bodegón, tuve que indignarme contra su dueño por la lentitud que adoptaba en servirme. Apenado vino a arrojarse a mis pies, pidiéndome perdón con el llanto en los ojos y haciéndome tocar su muslo para comprobar su angustia en las apresuradas palpitaciones de su corazón. Mi furia se trocó en risa y le consolé de buen grado. Se levantó, besó mi mano y se dispuso a darme la comida... Pocos minutos después oí gritos y gemidos que procedían de la cocina. Acudí y me maravillé al ver a mi gallina mojada de bodeguero, dando patadas y latigazos a su mujer y a sus sirvientas.

—¿Qué ocurre? —dije estupefacto—. ¿Qué le hicisteis a este cordero para que así se enfureciera? Nuevamente se hallaba el hombre a mis pies, mientras ellas me miraban en silencio... Tanto insistí para oír una explicación, que la dueña del figón me la dio.

—Los habitantes de este país —dijo— no se atreven a mantener las miradas del enemigo armado, porque tiemblan cuando están lejos de sus casas. En éstas, sin embargo, se portan como demonios; hablan altivamente en la cocina y apalean a su familia. No se atreven contra gente armada y solo son valientes con los desarmados y débiles. Eso da lugar a que nuestra república se halle expuesta a los insultos y desprecios de sus vecinos. Una nación, que nos cobra tributo, únicamente accede a batirse contra enemigos armados. Y en ella los varones mandan fuera de sus casas y obedecen dentro de las mismas.

Juzgándola digna de mejor suerte admiré la prudencia de aquella mujer. Cuando conocí mejor al género humano encontré acertadísimo cuanto me dijo. No fue Hércules solamente quien cedió a los encantos de una mujer; destino de hombres valientes era sufrir el yugo de las mujeres. En cambio, los poltrones y los que, como los bostanki, llevan su corazón en un muslo, son héroes en su casa y hacen temblar a sus criadas.

*Mikolac.*— Y nuevamente reanudé mi viaje, navegando, hasta llegar a la provincia de Mikolac. Como antes de saltar a tierra me di cuenta de que me habían robado mis alforjas, acusé al batelero de ladrón. Ante su obstinación en negar, recurrí a un magistrado y le expuse el asunto, pretendiendo que se obligara al batelero a la simple restitución de lo robado. El rufián perseveró en su negativa e intentó acusarme de calumnia. El caso aparecía ya dudoso y el tribunal me instó a aportar testigos, lo cual era reducirme al imposible, y entonces apelé a otro recurso: el de exigir al batelero que reiterara bajo juramento su negativa de robo. Entonces el juez se rió de mí.

—Amigo mío —me dijo—, nosotros no estamos coaccionados por ninguna religión, y no tenemos más dioses que las leyes patrias. Entre nosotros se prueban las acusaciones por vías legales: consignación de gastos, citación de partes, exhibición de papeles firmados e interpelación de testigos. Los procesos desprovistos de semejantes formalidades son declarados nulos y atraen, además, contra quienes los inician, acusación de calumnia. Haz clara tu causa con ayuda de testigos, y se te hará restituir lo que pretendes te han quitado.

Así, pues, la carencia de testigos hacía inútil mi querella. Comencé a deplorar, no mi suerte sino la de aquella república, ya que nada, hay tan vacilante y débil como una sociedad apoyada sobre leyes humanas, ni tan frágil como esos edificios políticos que no los cimenta la religión. Días solamente permanecí allí, y esos pocos los pasé en un continuo sobresalto, pues aunque las leyes del senado son buenas, hasta el extremo de no conceder gracia al crimen, nada podría esperar yo en una nación atea.

*Ciudad de Bracmat.*— Se encuentra situada en una planicie al pie de una montaña del mismo nombre. El primer árbol que encontré en mí camino rodó sobre mí y me derribó con el peso de su cuerpo. Como no comprendí aquello, se lo pregunté y él se limitó a ofrecerme sus excusas. A cien pasos de aquello, otro árbol me lanzó una estaca que por poco me casca los riñones. Inmediatamente se me excusó también, con verborrea. Me dijo que estaba en una nación ciega o con la vista débil, y que debía evitar cuidadosamente encontrarme con sus caminantes. No obstante, aquellas cosas ocurrían por culpa de la excesivamente penetrante vista de algunos seres del país —vulgarmente llamados *maskkattes*—, cuya mayoría se dedica a la astronomía y demás ciencias abstractas. La verdad es que gente así no es de ninguna utilidad en este mundo, pues si bien es verdad que poseen ojos penetrantes, con los cuales descubren minucias, son ciegos y no ven el resto de las cosas sólidas. En las minas suele sacárseles alguna utilidad en el descubrimiento de metales.

*País de Mutak.*— La capital de este país se parece a una selva de sauces por ser sus habitantes árboles de tal especie. Al circular por el mercado vi a un enorme muchacho muy robusto sentado en un bacín e implorando misericordia del Senado. Pregunté su crimen. Se trataba de un malhechor a quien se le iba a administrar la dosis quince. Sorprendido de tal respuesta indagué su significado, y mi huésped me lo reveló:

—Las naciones vecinas —me explicó— castigan el vicio con azote, horca o marca de hierro al rojo. Esos suplicios no tienen lugar aquí, porque nosotros pretendemos corregir más que castigar. El culpable que visteis en el mercado es un extravagante autor que padece la violenta comezón de la escritura, sin que las leyes ni las advertencias hayan logrado disuadirle. Por eso, los magistrados se han visto obligados a condenarle por medio de los médicos censores de la ciudad, quienes la maceran con frecuentes purgas hasta que el fuego de su loca pasión se extinga del todo.

Apenas terminó de hablar sentí necesidad de conocer la botica pública; y me hice acompañar á ella. Asombrado leí las etiquetas de los botes que contenían sus estantes: *Polvo para la avaricia. Píldoras de amor. Tintura para la cólera. Lenitivo e infusión anodina contra la ambición. Corteza contra la voluptuosidad*, etc., etc. Y aún fue mayor mi estupefacción cuando descubrí legajos de manuscritos con estos títulos: *Sermón del maestro en artes Pisage, cuya matinal lectura equivale a seis dosis de tártaro emético... Meditaciones del doctor Jukesius, que curan el insomnio...*

No tuve duda: aquella nación había perdido el juicio. Sin embargo, quise leer aquellos libros para comprobar la autenticidad de las virtudes que se les atribuían, y fijé mis ojos sobre el primero. Tan lastimosamente se hallaba escrito y tantas eran las impertinencias que contenía, que comencé a bostezar; como me obstiné en seguir mi lectura, fui atormentado por flatos y retortijones de tripas. Tiré el libro al diablo, pues para nada necesitaba su cooperación con mi bien disciplinada naturaleza.

*Provincia de Mikro.—* El lago que hube de atravesar para llegar aquí tenía roja su agua. Las puertas de la ciudad estaban cerradas aún cuando llegué ante ellas, y hube de aguardar que las abrieran. Entré por fin y advertí enorme tranquilidad en las calles; solo hería mis tímpanos el ruido ocasionado por los ronquidos de los durmientes. Creí andar por un país consagrado al sueño. Sin embargo, pronto comprendí que allí se trabajaba viendo la profusión de anuncios sobre artes y oficios. La hostería que elegí para mi alojamiento permanecía cerrada aún, porque era de noche para los ciudadanos aunque pasara ya el mediodía.

Veintitrés son las horas en que se divide el día en aquella nación, diecinueve de las cuales se consagran al sueño, mientras son cuatro las dedicadas a la vigilia. Y bastan estas cuatro horas para tenerlo todo dispuesto y en orden. Los asuntos se abrevian, nada sufre retraso, y los días tan cortos son más que suficientes para despachar todo lo necesario. Hasta en las iglesias eran cortos los sermones, y un tratado que leí concertaba de este modo la alianza entre los mikrokanos y los splendikanos: «Habrá amistad perpetua entre mikrokanos y splendikanos, siendo los límites entre ambos estados el río Klimac y la cima del monte Zabor».

Todos los habitantes de aquel expeditivo país son cipreses, y tienen tumores en la frente; dichos tumores crecen o disminuyen a horas fijas. Cuando están muy abultados despiden humores que caen sobre los ojos e incitan al sueño; en una palabra: determinan la noche.

*Makrokans.*— A una jornada de allí se encuentra este país de los Despiertos. Al pisar la ciudad de los que

nunca duermen me crucé con un muchacho al que rogué me indicara un albergue para instalarme, pero el
bergante me contestó que él tenía que hacer, y se alejó.
Todos en aquel pueblo se movían de tan tremenda manera, que no se veía más que ir y venir, ¡correr, volar por
las calles! cómo temiendo llegar demasiado tarde. Supuse que el fuego estaría consumiendo las cuatro partes de la ciudad, o que habría ocurrido alguna catás-
trofe que espantaba y turbaba a todos aquellos seres.
Erré de un sitio a otro sin saber a quién hablar. Por fin
descubrí el rótulo de un albergue y a él me encaminé.
Subían y bajaban gentes que chocaban unas con otras
a fuerza de precipitarse. Más de un cuarto de hora permanecí en el patio del albergue sin conseguir entrar a
él. Cada cual me hacía sus preguntas al pasar por mi
lado; el uno de dónde era, a dónde iba, si me detuviese
mucho tiempo en la ciudad, si comería solo o acompañado el otro si ese lugar sería rojo, blanco o negro, en
planta baja o en piso..., en fin, mil impertinencias. El
hotelero, que era a la vez escribano de un tribunal de
segundo orden, acabó de rematarme con su charla. Me
habló de un proceso que duraba ya catorce años, en los
cuales pasó por diez tribunales distintos.

—Espero —me confesó— que acabará en dos años
más, pues como no quedan más que dos tribunales, no
habrá a quien apelar.

Y me dejó asombrado de su discurso y convencido de que toda aquella nación estaba ocupadísima en bobadas. Me puse a recorrer la casa y caí por azar en la biblioteca, considerable por el número de libros, pero insignificante por su contenido. Entre los mejor encuadernados encontré los siguientes: *Descripción de la iglesia catedral*, 24 volúmenes. *Relación del sitio de la ciudadela de Péhunc*, 36 volúmenes. *Acerca del uso de la hierba Slac*, 13 volúmenes. *Oración fúnebre en honor del senador Iaksi*, 18 volúmenes.

Cuando regresó mi huésped, me informó de todo lo que se refería a la ciudad, y saqué en consecuencia que los durmientes de Mikrok hacían más falta que los despiertos de Makrok, pues si los primeros van derechos al fondo de las cosas, los últimos se quedan en la superficie.

También son cipreses los makrokanos y se diferencian poco de los mikrokanos, pero carecen de tumores en la frente. No tienen la misma sangre o la misma savia que los demás árboles animados de este globo. En su lugar, corre un licor más espeso por sus venas, parecido al azogue. Hay quien lo cree verdadero azogue, puesto que hace el mismo efecto que el mercurio cuando se emplea en los termómetros.

*República de Siklok.—* Se divide en dos provincias aliadas que viven bajo leyes distintas, e incluso muy opuestas. Se llaman Miho y Liho. El legislador Mihac, Licurgo de los subterráneos, fue el fundador de la primera, y trazó reglamentos contra los gastos superfluos, prohibiendo severamente todo lujo. Esta es la razón de que un estado tan pequeño pueda considerarse otra Lacedemonia gracias a la economía de sus habitantes. Fue sorprendente para mí, sin embargo, ver que en un estado tan bien regido y que se envanece de la excelencia de sus leyes hubiera mendigos, una enorme plaga de mendigos; por dondequiera que se mirara se hallaban árboles que tendían sus brazos suplicando su limosna a los transeúntes. Al reconocer mejor el país comprobé que todo aquello era el resultado de la economía legislada, pues como todo lujo se ha barrido entre ellos, e incluso los ricos se rehusan las cosas necesarias, el bajo pueblo no encuentra oportunidad de ganarse la vida y debe mendigar si no quiere morirse de hambre. Resultado: ¡el ahorro y la avaricia producen idénticos estragos en los estados que la obstrucción de sangre en el cuerpo humano.

Liho, en cambio, es un emporio de riquezas. Nada se ahorra allí en perjuicio de la magnificencia, lo cual hace florecer toda clase de artes y oficios. El pueblo ama el trabajo que le proporciona ganancias, y ninguno tiene ocasión de caer en la miseria. Si alguien la padece solo puede culparse a sí mismo por su pereza o su nulidad. La abundancia de ricos impulsa al Estado, como la circulación sanguínea fortifica los miembros y los vitaliza.

Lama, contigua a Liho, es una célebre escuela de medicina: ningún médico podría considerarse hábil sin haber pasado por ella. La ciudad está repleta de médicos y se ven más doctores que otra cosa. Calles enteras existen donde solo se encuentran tiendas de instrumental quirúrgico y boticas.

Cierto día en que me paseaba por Lama vi vender un catálogo que especificaba el número de muertos en aquel año: seiscientos, contra ciento cincuenta nacimientos. No se me alcanzaba que en sitio donde Apolo parecía residir, sobreviniera semejante mortalidad en tan pocos meses.

—Por favor —rogué al vendedor de catálogos—, decidme qué peste arrasó de esta manera a la ciudad.

Me informó de que hacía dos años murió mucha más gente, y que lo que tanto me maravillaba era la proporción normal entre los que nacen y mueren. Añadió que los habitantes de Lama están afligidos continuamente por enfermedades mortales, y que esta ciudad llevaba camino de quedarse desierta si no se enviaban repobladores de otras provincias...

Aligeré mi paso; recordando mi experiencia en el País de los Filósofos. No me detuve ya hasta llegar a un pueblo que distaba cuatro millas, y en donde no se sabía ni una palabra de medicina ni, por ende, de enfermedades.

*El País Libre.*— Todos sus habitantes son jueces; componen familias independientes que no reconocen ningún dominio ni ley, pero que constituyen una especie de sociedad cuyos ancianos se consultan entre sí los comunes asuntos, exhortando a todos a la concordia y a la observación del primer precepto: «No hagas a otro lo que no quisieras te hicieran a ti».

La imagen de la Libertad aparecía sobre todas las puertas de las ciudades y de los pueblos, tallada sobre cadenas y grillos, y pon esta inscripción: La libertad es oro.

En la primera ciudad que pisé, todo me pareció tranquilo, aunque sí noté que cada ciudadano llevaba en un hombro cintas de colores diversos, insignia de las diferentes facciones que componían la ciudad. Las entradas de las casas estaban guardadas por soldados armados y dispuestos al combate, ya que no había terminado una tregua cuando ya estaba nuevamente inflamada la guerra. Partí, pues, temblando, y no me consideraré en libertad hasta verme muy lejos de la tierra libre.

*Provincia de Jochtan.*— La descripción que me hicieron de ella me alarmó cuando la oí, esperando encontrar allí menos orden y mayor confusión que en el País Libre. Pero en Jochtan existe tan enorme diversidad de religiones, que se la creería el desagüe y la cloaca de todas las sectas del mundo. Todos los dogmas repartidos en los demás pueblos del planeta se enseñan públicamente allí, y cuando yo pensaba en los desórdenes que se suscitan en Europa por discrepancias religiosas, apenas si osaba entrar en una capital cuyas calles y plazas están pobladas por los templos de las diferentes sectas que componen la ciudad. No obstante, hubo de disiparse mi temor al ver reinar en todas partes la unión y la concordia, jamás interrumpidos por la menor fricción.

En los asuntos públicos pasaba igual. No se advertía más que un mismo sentimiento, una misma tranquilidad e idéntico cuidado. Estaba prohibido, bajo pena de muerte, turbar la devoción o las ceremonias religiosas de unos y de otros. Las disensiones nunca llegaban a la hostilidad. Se discutía sin altercados ni invectivas, y no existía el odio porque no existía la persecución. Todos procuraban sobrepasarse en pureza de costumbres y regularidad de vida.

*El país de Tumbac.*— Como era limítrofe de Potu me pareció estar ya en mi patria, viéndome al final de una correría tan fatigosa Los tumbaques son olivos en su mayoría y constituyen una nación devota, aunque ruda y brutal.

Por fin, *Potu.*— Llegué cansadísimo, apenas podía sostenerme en pie. Entré en la capital el día 19 del mes de Fresno y tuve el honor de presentar mis notas al príncipe, que ordenó le imprimieran en el acto. Diré de paso que el arte de la imprenta que los europeos y los asiáticos se vanaglorian de haber inventado, hace mucho tiempo que es conocido por los potuanos.

Tanto les satisfizo la relación de mi viaje, que no la dejaban de las manos. Por las calles corrían los arbolillos portadores de mi Diario, gritando con todas sus fuerzas: «Relación exacta de un viaje alrededor de la tierra, por el mensajero de la corte, Scabba» (el Aturdido). Orgulloso de mi éxito me creí en el derecho de aspirar a algún empleo de importancia, pero me engañé. Todo el favor que alcancé fue un aumento de sueldo. No tuve más remedio que quejarme al gran canciller, que recibió mis quejas con su habitual benevolencia.

—La naturaleza —me dijo— ha sido para ti una verdadera madrastra, rehusándote las cualidades espirituales que facilitan el camino de los grandes cargos. No debes aspirar a lo que no sabrías alcanzar.

Todos sus razonamientos, aunque me atacaron de momento, de nada me sirvieron. Bullía siempre en mí el afán de encontrar algo necesitado de reforma, para dárselo y hacerme así relevante ante el Estado. Recordé lo aprendido entre los coclekuanos: que un Estado peligra cuando admite mujeres en los cargos públicos. Apoyándome en esto resolví pedir que en Potu se expulsara a las mujeres de la administración para siempre jamás. Llegué a tener partidarios de mi proyecto, que por fin presenté a Su Alteza.

Como este personaje me quería bien, se dignó rogarme que desistiera de mi locura, temiendo el castigo que mi fracaso me acarrearía. Permanecí firme, creyéndome auxiliado por la opinión masculina. Y fui llevado al mercado con mi soga al cuello, en espera de las deliberaciones senatoriales... Abreviando: mi sentencia se pronunció, se envió al príncipe para que la confirmara y después se publicó a son de trompeta: se me condenaba al castigo, después de hacer consideraciones sobre mi aturdimiento y lo improcedente de mi proposición de hacer diferencias entre los árboles, cuando eran útiles a su país por su capacidad y talento fueran de uno o del otro sexo.

Gran pesar causó al príncipe aquel desdichado asunto; no podía revocar la sentencia, pero sí hacer uso de la cláusula en que constaba que por ser yo extranjero, nacido en un mundo desconocido donde se llegaba a estimar como mérito la vivacidad de espíritu, estaba exento de la pena de muerte.

Fui detenido, puesto en prisión, y en ella esperé que se me enviara exilado al Firmamento con los demás violadores de las leyes.

En mi calabozo supe que el príncipe estaba dispuesto a perdonarme si yo imploraba su misericordia, aunque la gran tesorera Rahagna empleaba pies y manos en impedir mi libertad.

A decir verdad, no tenía el menor deseo de remitir mi condena. La muerte me parecía preferible al empleo que desempeñaba... ¡Quizá fuera cierto que en el Firmamento recibían a los extranjeros cordialmente y sin ninguna distinción!

Hasta este momento aplacé el hablar del singular exilio llamado Firmamento. Dos veces por año llegan al planeta pájaros enormes, a los que llaman *Cupac* o pájaros-correo; la regularidad de su llegada ha preocupado a los físicos subterráneos, pues si unos creen que vienen atraídos por ciertos insectos o por las moscas que de modo prodigiosamente abundante caen sobre el planeta en determinadas estaciones, otros creen que los lanzan los habitantes del Firmamento como si fueran gerifaltes o pájaros de presa. Por una parte, cuando no hay provisión de insectos, no hay pájaros; por otra, es notable la destreza de los mismos en posarse dulcemente, cuando vuelven a su mundo, cargados y repletos. Tanto parecen amaestrados como provistos de alguna razón. Cuando se acerca ya el tiempo de su partida del planeta se muestran dóciles, sufriendo de que les mantengan encerrados en unas grandes redes en donde se les da de comer a mano... Así se les alimenta hasta que se tienen dispuestos a los «exilados»; y he aquí el aparejo de la partida.

Se sujeta con cuerdas una caja o cofre capaz de contener a un hombre o a un árbol a la red donde se encierra el pájaro, y esta red se dispone de modo que el animal mantenga libres sus grandes alas. Hecho esto, se cesa de alimentarle con insectos para que el pájaro comprenda que debe partir, y entonces emprende su vuelo a través de los aires... Tal era la carroza que me debía llevar a mí y a los otros exilados en busca de otro mundo. Mis compañeros de viaje eran dos potuanos condenados por distintos crímenes. Uno era metafísico y había discutido sobre la esencia de Dios y la naturaleza de los espíritus; primero se le castigó con una sangría y luego, ante su persistencia, se le exiló al Firmamento. El otro era un fanático con dudas sobre los derechos de la autoridad civil y sobre la religión, que le indujeron a derribar el Estado. Rehusó obediencia a las leyes de la república bajo pretexto que tal obediencia era contraria a su conciencia. En vano sus amigos trataron de doblegar tanta obstinación por medio de fundamentadas razones, describiéndole cuán sujetas a ilusión se hallan las conciencias... Añadieron que nada era tan absurdo como apelar al testimonio de la propia conciencia, ni más injusto que pretender que los sentimientos de nuestra alma constituyesen regla de fe para los demás, que a su vez pueden servirse de idénticos razonamientos para combatirnos, oponiendo conciencia a conciencia.

De modo que la tropa de exilados estaba constituida esta vez por un metafísico, un innovador y un fanático. Los cuales fueron sacados de sus prisiones y conducidos a lugares distintos. No podría decir qué fue de mis colegas, porque estaba demasiado embargado por mis propios asuntos para ocuparme de los otros. Lo que sí sé es que habiendo sido llevado al sitio habitual, fui encerrado en un cofre con los víveres necesarios para un viaje de varios días. Momentos después, viendo los pájaros que ya no les daban de comer, advirtiéndoles de esta suerte que debían partir, levantaron su vuelo, surcando los aires con maravillosa rapidez.

Las cien millas que a juicio de los subterráneos separan al planeta Nazar del Firmamento, fueron recorridas en veinticuatro horas. Un absoluto silencio reinó durante el viaje, y por fin un rumor confuso me advirtió de que me aproximaban a tierra habitada.. Indudablemente, aquellos pájaros habían sido cuidadosamente adiestrados, pues se posaron dulcemente sin causarme el menor daño. Y entonces fue cuando me vi rodeado por una extraordinaria muchedumbre de monos, cuya proximidad me horrorizó, recordando lo que me hicieron sufrir en otra ocasión; y mi terror aumentó al verles discurrir entre ellos y pasearse vestidos de mil colores. Claro estaba que aquellos eran los habitantes del Firmamento, y aunque estaba acostumbrado a ver monstruos procuré rehacerme. Se acercaban a mí con aire afable, sacándome suavemente de mi caja y recibiéndome con humanidad. No se usan entre nosotros mayores ceremonias en la recepción de embajadores. Repetían unas palabras, *Pul Asser*, que imité, provocando grandes risas entre ellos. Comprendí que se trataba de un pueblo frívolo, ávido de novedades. Oyéndolos hablar se recordaban tambores; sus palabras eran veloces como el soplo y con volubilidad torrencial. En todo eran opuestos a los potuanos.

Mi aspecto les asombró, tanto más cuanto que no me veían ni rastro de cola; tanto nos parecemos hombres y monos, que fácilmente pudieron tomarme por uno de ellos, salvo la cola. Me condujeron a una gran casa, brillante de pedrerías, espejos, mármoles, vasos preciosos y tapicería. El que su puerta estuviera guardada por centinelas me hizo comprender que no pertenecía a un mono vulgar. Efectivamente, se trataba del cónsul, que se manifestó encantado de tenerme a su lado. Inmediatamente ordenó que acudieran profesores de lengua para imponerme en su idioma.

Al cabo de tres meses podía sostener una conversación y hasta me imaginaba merecer la admiración pública por la rapidez de mi ingenio y la potencia de mi memoria; pero me engañé de un modo lastimoso. Había resultado tan atontado ante mis maestros, que éstos perdieron su paciencia en varias ocasiones, temiendo tenerme que abandonar. Si entre los potuanos me gané el remoquete de *Scabba* o Aturdido, por mi vivacidad de espíritu, en este país obtuve el sobrenombre de *Kakidoran* o el Bobo. Bueno será insistir en que mis nuevos amigos solo estiman a los que comprenden velozmente las cosas, se derraman en verborrea y hablan en terremoto.

En cuanto aprendí a hablarles, mi huésped me llevó consigo a la ciudad, pues deseaba ofrecerme como regalo a un senador, del que esperaba obtener beneficios con esto. El designio indicaba a un mono atento a sus intereses, pues el gobierno del país es aristocrático, residiendo la soberana autoridad en el Senado, cuyos miembros son todos patricios, desde el primero al último. Los plebeyos no pueden aspirar más que al empleo de capitán o juez de alguna ciudad de segundo orden... Algunos suelen llegar hasta el cargo de consejeros; pero necesitan poseer un mérito deslumbrante, como mi huésped, que disfrutaba de un genio tan fecundo, que en el espacio de un mes forjó veintiocho proyectos que, aunque no estaban a la altura de la utilidad pública, significaban otras tantas pruebas de la fecundidad de su espíritu, aptas para destacarle, ya, que en todo el mundo subterráneo no existe país que en más se estime a los innovadores que en esta república.

La capital se llama Martinia, da su nombre a todo el país y es famosa por lo ventajoso de su situación, la belleza de sus industrias, su comercio, navegación y su marina de guerra. No la considero inferior a París, por lo que a casas y habitantes se refiere. Cuando llegué a ella, bullía tal cantidad de gente por la calle, que nos vimos obligados a abrirnos paso a fuerza de bastonazos y puñetazos a izquierda y derecha, hasta llegar al barrio donde se aloja el sindico del gran senado, mi futuro dueño.

Antes de llegar al hotel del señor sindico, mi huésped se detuvo para acicalarse, no juzgando conveniente presentarse ante su superior como iba. Al punto acudieron verdaderos ejércitos de unos ciertos criados llamados *mascattes*, o acicaladores, de cuyos servicios se utilizan antes de visitar a los senadores. Esta gente se sitúa en los alrededores de los palacios de los magistrados, y en cuanto ven que se acerca alguien acuden a él, cepillan su traje, limpian sus manchas y le quitan hasta la menor arruga que pueda llevar. Un *mascatte* se apoderó de la espada del cónsul, la frotó y la dejó brillante; otro le prendió cintas de diversos colores en la cola, pues los monos cifran su coquetería en el adorno de su cola. ¡Vi senadores y mujeres de senadores que en ciertos días festivos adornaban sus colas por valor de mil escudos de nuestra moneda!

Volviendo al cónsul: un tercer acicalador acudió con un instrumento geométrico para examinar las dimensiones de su traje y comprobar si obedecía a las reglas de proporción y simetría. Un cuarto vino con una botella de pomada y le embadurnó el rostro. Un quinto examinó sus pies y le cortó las uñas. Un sexto trajo agua de olor para lavarlo. En resumen, para terminar esto: uno tomó un paño para secarle, otro un peine para peinarle, otro un espejo para que se mirara... Todo se hizo con tal cuidado y exactitud, solo comparables a los que emplean nuestros geómetras para medir e iluminar sus cartas geográficas. «¿Qué no necesitarán las mujeres —me dije—, si tanto necesitan los caballeros?» Y, efectivamente, las mujeres de Martinia llegan a increíbles excesos para ocultar su fealdad bajo tantos afeites, que a fuerza de querer brillar se hacen insoportables. El sudor se mezcla en estas damas con sus afeites, como el cocinero mezcla sus salsas. No es que se sepa a qué huelen, pero huelen muy mal.

Ya limpio, aderezado y dispuesto mi huésped, entró en el hotel del señor síndico escoltado por tres criados. Al llegar al patio se despojó de sus zapatos por miedo a manchar el pavimento de mármol. Una hora se le dejó esperando en el vestíbulo, mientras se iba a advertir su llegada al señor síndico, y no le introdujeron cerca del mismo hasta que no hizo los presentes con que en este país se compra el favor de los grandes.

El síndico se hallaba sentado en un sillón dorado; en cuanto nos vio entrar estalló en risotadas y nos dirigió mil preguntas ineptas y pueriles. A mi juicio, era un majadero que representaba la farsa de ocupar una elevada magistratura. Cuando así se lo comuniqué a mi huésped, éste me aseguró que aquel señor era un hombre de muchos valores, que disponía de numerosos adictos, ofreciéndome como apoyo de sus palabras la relación de los diferentes empleos que desempeñara desde su más tierna juventud; añadió que disponía de un juicio tan vivo que podía ocuparse de las más altas empresas en todo momento y hasta dictar un edicto mientras aguardaba que le sirviera su jefe de comedor. Naturalmente, supuse que duraría muy poco tiempo una ordenanza así concebida, pero supe que duraba hasta que el Senado estimaba conveniente su abolición.

Una media hora se entretuvo conmigo el señor síndico, discurriendo con la locuacidad propia de los barberos de Europa. Luego se dirigió a mi huésped y le dijo que yo podría ser admitido entre sus servidores a pesar de lo lento de mi mente, que demostraba a las claras que *yo había nacido en el país de los tontos*, razón por la cual apenas servía para nada.

—Yo también he notado —confesó mi huésped entonces— cierto embotamiento de su espíritu, pero si se le concede tiempo para reflexionar ofrece un juicio bastante sólido acerca de lo que se le proponga.

El sindico respondió que nada de aquello me serviría allí donde los negocios no admitían dilación. Acabando de manifestar esto, quiso saber si yo era robusto y fuerte, y me ordenó que levantara del suelo un fardo que hizo traer. Realicé aquello sin el menor esfuerzo, y entonces me dijo:

—La naturaleza te ha negado las cualidades del espíritu, pero te ha provisto de las del cuerpo.

Me llevó a otro departamento lleno de oficiales y servidores, que me recibieron atentamente, pero que me taladraron la cabeza con sus chillidos y me marearon con sus gestos, haciéndome mil preguntas sobre nuestro mundo. Procuré decirles todo lo que se me venía a la memoria, y no se saciaban; entonces tuve que mezclar lo fabuloso a lo verdadero, y tampoco se cansaban de preguntarme. Menos mal que apareció mi huésped y me anunció que Su Excelencia me hacia el honor de retenerme en su corte. Sus palabras me revelaron que el empleo a que se me destinaba no era de los más brillantes. Yo me imaginaba que me colocaría entre sus guardias o sus cocineros, pero el cónsul me confesó que Su Excelencia había tenido la bondad de nombrarme su primer·silletero con veinticinco stercolates de sueldo. El stercolate de Martinia equivale a dos escudos de nuestra moneda. Añadió el cónsul, que Su Excelencia había prometido emplearme solo en su servicio y en el de su señora. Aquello me cayó como un rayo. Mi indignación se vio interferida por las impertinentes felicitaciones de oficiales y domésticos. Me llevaron a una habitación y me sirvieron en ella una comida que apenas probé, prefiriendo tenderme en el lecho que tenía a mi disposición. La agitación de mi espíritu me impedía conciliar el sueño. La acogida que los monos me hicieron atormentaba mi pecho, necesitándose la contención de un espartano para resignarse a la afrenta recibida. Había salido del país de los sabios para venir al de los locos. Fatigado por tantas ideas me dormí al fin, y no sé cuánto tiempo duraría mi sueño, pues en Martinia no existe diferencia entre el día y la noche ni hay oscuridad, a no ser en determinados tiempos, cuando, por interposición del planeta Nazar, se eclipsa el sol subterráneo.

Apenas desperté encontré en mi habitación un tití, que se decía mi camarada y que traía la orden de atarme con un bramante una cola postiza al trasero, a fin de lograr mi semejanza con los monos del país. También me advirtió el tití que debía prepararme para llevar al señor síndico a la Academia, en donde debía hallarse dentro de una hora con otros senadores, para asistir a un acto público que se celebraría con motivo del doctorado de una promoción.

Cumpliendo con mi deber, a las dos de la tarde comencé en el ejercicio de mi cargo y llevé a la Academia a Su Excelencia. Llegados al auditorium vimos dos filas de doctores y de bachilleres sentados según su rango; cuando percibieron al síndico se levantaron todos, volviendo la espalda y saludándole con la cola. Esa es su manera de reverenciar, y por tanto deben adornarse mucho el apéndice. Se me antojó muy ridícula semejante costumbre, ya que entre nosotros volver la espalda a alguien es signo de desprecio. ¡Para que se vea que cada país tiene su estilo!

El que debía graduarse se hallaba sentado en una silla al final del auditorium. El acta de promoción fue precedida par una tesis cuyo tema era: *Disertación física de inauguración, en la cual se examina y se discute cuidadosamente este importante problema: saber si el ruido que hacen las moscas y demás insectos se produce con la boca o el trasero.*

El presidente de las tesis acometió la defensa del primero de los enunciados, siendo vigorosamente atacado por sus opositores, que le hicieron defenderse como un león; a tal grado llegó la disputa, que a punto estuvo de convertirse en sangriento combate, cosa que sin duda hubiera ocurrido sin la intervención autoritaria del Senado.

Durante los discursos actúan músicos que por medio de conciertos animan a los polemistas cuando languidecen, o los apaciguan cuando se arrebatan demasiado; pero en este punto obtienen menor resultado, ya que es muy difícil obligar a los espíritus a mantenerse en su justo medio cuando se discute sobre las más importantes cosas del mundo.

Por fin, toda aquella querella terminó con elogios y felicitaciones; lo que pudo ser trágico acabó con una especie de farsa. El que debía doctorarse se sentó en medio del auditorium; a continuación, tres pedantes de la universidad avanzaron grave y lentamente para arrojarle un tonel de agua por encima, después de lo cual le perfumaron con incienso y le obligaron a tomarse un vomitivo. Terminado todo aquello se retiraron, inclinando por tres veces la cabeza y declarando en voz alta que había sido hecho doctor con toda legitimidad.

Pasmado con semejantes maravillosas y desconocidas ceremonias, pregunté a un tití, hombre de letras, qué significaba todo aquello, y él, deplorando mi ignorancia, me dijo que el incienso y el vomitivo indicaban que el candidato debería renunciar a sus antiguos vicios, adoptar nuevas costumbres y separarse de lo vulgar. Esta explicación confortó mi asombro.

Envuelto ahora el nuevo doctor en una túnica verde, y ceñido por una faja, fue acompañado a su alojamiento por todo el Parnaso martiniano a son de trompetas, pífanos y timbales. Por pertenecer a una familia plebeya no ocupó silla durante el trayecto, sino una ca-

rretilla de mano precedida por corredores en traje de
ceremonia. Todo se terminó según la loable costumbre del festín, que sirvió para que todos los comen-
sales se achisparan hasta el extremo de no poderse
sostener, por lo que hubo de llevárselos a sus lechos...

En aquel país se juzgan los procesos con velocidad
asombrosa, y debo manifestar mi admiración por la
facilidad con que allí se conciben y deciden las cosas,
súbitamente, sin reflexionarlas. A menudo, antes que
los abogados terminen sus alegatos, ya se han levanta-
do los jueces para pronunciar la sentencia, con tanta
rapidez como elegancia. Fui con frecuencia a los tribunales para verlos actuar y conocer su procedimiento;
me pareció que sus sentencias se fundaban en la justicia y en la equidad, pero al examinarlas más despa-
cio las encontré locas, inicuas y contradictorias. ¡Los
dados eran preferibles al juicio de aquellos jueces! No
podríais imaginaros los cambios que sufren las leyes
y que se parecen a las modas que rigen los vestidos.
De ello resulta que a veces se castigan acciones que no
eran criminales al ser cometidas, pero que lo son ahora
en virtud de la promulgación de una nueva ley... Los
abogados son muy estimados en el país, por su suti-
lidad. Tan diestramente aciertan a dar la vuelta a sus
intenciones, que afectan no querer encargarse más que

de causas dudosas e incluso injustas, a fin de demostrar su habilidad en cambiar lo negro en blanco. Los jueces sienten debilidad por esta clase de abogados.

—Hemos advertido —dicen— la injusticia de la causa que defienden, pero hay que conceder algo a la sutileza con que ha sido defendida.

Los doctores del derecho en aquel país enseñan por distintos precios, pidiendo más por enseñar a defender una causa mala: e injusta, que una buena y legítima.

Insisto en manifestar que los innovadores son superestimados en Martinia, donde, en vez de obtener castigo como en Potu, consiguen recompensas y prestigio, aunque sus inventos fracasen o tengan escasa utilidad pública. La observación de todo esto reavivó mi vieja tendencia a descubrir cosas que sirvieran al Estado y redimieran mi baja condición social. Sin embargo, tantas veces como propuse cuestiones sólidas caí en el vacío; aquella nación prefiere las bagatelas, ama las locuras, y lo serio atrae desdén y burlas.

«¿Qué tontería haría yo —me dije— para conseguir que me presten atención estos insensatos?» Un tití amigo mío me animó, contándome que algunos hicieron fortuna gracias a haber inventado un adorno, un traje nuevo... Bien habría que hacerse el loco entre los delirantes, y llamé en mi auxilio a la imaginación... ¡Ah!

Surgió algo en mi memoria las *pelucas*. Resolví introducir su uso entre los martinianos. En el país existía abundancia de cabras, y yo tenía ciertas nociones del oficio peluqueril gracias a mi bienaventurado tutor, con quien aprendí las nociones más rudimentarias... Compré, pues, pelo de cabra y me hice una peluca que me encasqueté para presentarme al señor síndico, qué se asombró a la vista del fenómeno. Me preguntó qué era aquello, pero no me dio tiempo a contestarle: me arrancó la peluca y se la puso en su cabeza, corriendo al espejo para verse con el adorno. Tanto se gustó, que corrió al departamento de su esposa para hacerla testigo de su alegría. Gratamente sorprendida, la dama se arrojó al cuello de su marido, asegurándole que jamás vio cosa más bonita. Toda la familia coincidió. Volviéndose hacia mí el señor síndico, me dijo:

—Mi pobre *Kakidoran*, si lo que acabas de inventar gusta tanto al Senado como a mí, puedes prometerte una brillante fortuna en nuestra república.

Agradecí humildemente a Su Excelencia la buena voluntad que me manifestaba, suplicándole que se encargara de presentar al Senado una instancia mía acerca del asunto, cosa que me prometió.

Fue, pues, llevada al Senado mi solicitud, juntamente con mi peluca, y supe que aquel día se suspendieron todos los trámites para examinar solamente la novedad. Los espíritus de los senadores estaban conmocionados, la obra se alabó, se aceptaron los ofrecimientos que yo hacía bajo palabra de no buscar mi beneficio, sino la majestad de sus figuras aderezadas con mi ingenio, y por fin sé me fijó una recompensa.

Me hicieron comparecer ante ellos, y un tití de los más viejos se levantó para darme las gracias en nombre de la asamblea. Luego me preguntó cuánto tiempo tardaría en hacer una segunda peluca. Como me prometía también, de paso, prebendas, renuncié pomposamente a ellas, diciendo que me sentía recompensado al ver los aplausos que ellos otorgaban a mi trabajo; añadí que podría entregar otra peluca dos días más tarde. Si me proveían de monos diestros a los que pudiera enseñar mi arte, me comprometía al abastecimiento de la ciudad en pleno, en el espacio de un mes. El síndico rechazó esto último. Era mejor que la peluca quedara reservada a la nobleza, y eso mismo creyeron los senadores; se encargó a los censores de la vigilancia de este precepto. Pero solo sirvió para animar al pueblo a que transgrediera las disposiciones, pues como la moda de la peluca gustó a todo el mundo, aquellos ciudadanos que tenían dinero o amigos se compraron títulos de nobleza. El furor se extendió a todas las provincias y entonces el senado se vio obligado a levantar su prohibición.

¡Fue un placentero espectáculo ver todos los monos sumergidos en sus vastas pelucas! Antes de mi partida de Martinia no quedaba quien no la llevara puesta, y tan importante se estimó el acontecimiento, que abrió una época a la que llamaron «Año de las Pelucas».

Me vi colmado de elogios, cubierto con un manto de púrpura y llevado a mi casa en la silla del señor síndico. Aquel mismo día fui invitado a la mesa de mi dueño, y para siempre. No me descuidé, a pesar de tan gozoso preludio, y continué mi tarea a fin de que antes de un mes el Senado entero tuviera sus pelucas. Entonces se me concedieron títulos de nobleza; el remoquete de *Kakidoran* fue sustituido por el de *Kikidorian*, que significa lo contrario que bobo; se me asignó una pensión muy lucida, etc. De vil silletero me encontré elevado a la categoría de noble.

Durante algún tiempo viví rodeado de gloria y de comodidades, en perfecta prosperidad. Los martinianos, advirtiendo que disponía de la benevolencia del síndico, me hacían la corte de continuo; llevaron su baja complacencia hasta atribuirme en los versos que hacían en mi alabanza, virtudes que jamás tuve. Algunos no vacilaron en formar una larga lista con mis antepasados, haciéndome descender en línea recta de los héroes de la república. Y, sin embargo, sabían perfectamente que yo era hijo de un mundo ignorado.

Como entre los poetas martinianos era tan natural celebrar las colas como entre los europeos la belleza de sus amadas, pronto conocí poetas que enderezaban sus versos en honor de mi cola, aunque demasiado sabían que era postiza. Tan lejos llegó la adulación de los bribones, que hasta hubo quien vino a ofrecerme su esposa a cambio de una recomendación mía al síndico. La vil inclinación que sienten los martinianos hacia la hinchazón y la hipérbole, hace que sus Anales no merezcan ser leídos, por estar abarrotados de elogios inmerecidos. Sin embargo, su estilo el vivo, cuidado, elegante; el país produce mejores poetas que historiadores, y en el género sublime son inimitables.

Una salud completa era la mía desde que llegara al país, si bien me molestaba mucho el continuado ardor solar. Por fin, esto fue causa de que cayera enfermo con violentas fiebres, y de que necesitara un médico, cuya cháchara me molestó más que la fiebre. Al verle tuve que reírme, era mi propio barbero. Supe que ejercía ambas profesiones, a la vez que la de escribano en un pueblecillo próximo.

Dos años llevaba en Martinia, tanto silletero como noble, cuando me ocurrió lo que fue causa de mi perdición. Gozaba yo del favor de Su Excelencia, y su señora esposa me testimoniaba tanto afecto, que yo era considerado como el primero de los que compartían sus gracias. A menudo me honraba con su conversación particular, pareciendo complacerse sobremanera conmigo, y aunque me retenía con insistencia, nunca interpreté mal sus actitudes, bien lejos de suponer que una dama de su rango —tan distinguida por su virtud y su nacimiento— ocultara bajo el velo de la amistad una pasión impura... Con el tiempo, sus equívocos discursos hicieron nacer mis sospechas, que fueron aumentándose considerablemente. En fin, abrí del todo los ojos cuando una camarera de la dama me visitó para entregarme la siguiente carta:

«Muy querido Kikidorian: Mi nacimiento, y el pudor propio de nuestro sexo, contuvieron hasta hoy las llamas de mi amor, sofocándolas en mi corazón hasta el extremo de que estallen y degeneren en incendio, porque soy víctima de una pasión cuya violencia no puedo ocultar por más tiempo. Perdona esta indigna confesión que el exceso de mi amor me arranca. Ptarnusa».

Imposible explicar cómo me quedé con aquella inesperada declaración; pero como prefería exponerme a la venganza de una mujer desdeñada que a turbar los derechos de la Naturaleza, mezclando mi sangre a la de una criatura heterogénea, le contesté en estos términos:

«Señora: la benevolencia con que me ha honrado siempre el señor síndico, colmándome de beneficios, me colocaría, por indigno que yo fuera, en la imposibilidad de satisfacer vuestro deseo. Sin tener en cuenta una infinidad de distintos motivos que omito y que me obligan a exponerme, señora, a vuestra cólera antes que a consentir en algo tan criminal entre criaturas razonables. Exigís de mí lo que me parece más duro que la muerte, y me pedís una actitud que yo no podría adoptar sin cubrir de vergüenza e ignominia a toda vuestra ilustre familia, sobre todo a mi señor. Os aseguro, señora, que no podría acceder a vuestro deseo aunque en todo lo demás crea un honor para mí el obedeceros. KIKIDORIAN.»

Entregué mi carta a la camarera para que, la transmitiera a su señora, y surtió el efecto previsto. El amor de la irritada dama se convirtió en odio. Disimuló mientras pudo recuperar el billete que me había escrito, y entonces, abandonando toda mesura, sobornó a falsos testigos que afirmaron, bajo juramento, que en ausencia del señor síndico yo intenté suplantarlo en su lecho. Todo aquello se efectuó con tanta destreza y apariencia de verdad, que el síndico, no dudando de mí pretendido crimen, me hizo encerrar en un calabozo subterráneo.

Solo me quedaba un medio para salir del asunto: confesar un crimen que no había cometido, pidiendo gracia y misericordia al ofendido. Semejante conducta podría apaciguar o por lo menos disminuir su cólera. Resolví emprender este camino, sabiendo muy bien cuán inútil es querellarse contra los grandes. Renuncié a toda defensa y recurrí a las lágrimas y a los ruegos, suplicando que se me indultara o atribuyera la menor pena. ¡Y, confesando un delito que no cometí, escapé de la muerte! Me condenaron a cadena perpetua, se me retiraron mis cartas de nobleza, haciendo que las quemara el verdugo, se me encadenó y condenó a terminar mis días remando en una galera...

Aquella galera pertenecía a la república, que la enviaba a los mezendoros o tierras extrañas, una vez al año, para adquirir las mercancías que Martinia no producía. Los mezendoros son, con respecto a Martinia, lo que las Indias con relación a Europa.

Componen la Compañía del Comercio Mezendórico comerciantes nobles y plebeyos. Tan pronto como regresan los navíos, las mercancías se dividen entre los interesados de acuerdo con el número de acciones que poseen en banca. Esos navíos, semejantes a galeras de las nuestras, se mueven a la vela o con remos; cada remo lleva dos forzados que le impulsan, y uno de ellos sería ahora yo.

Aunque muchos martinianos sospechaban mi inocencia y hablaban de ella particularmente, ninguno se atrevió a sostenerla por miedo a indisponerse con mis acusadores. Decidí armarme de paciencia y consolarme con la navegación, ya cercana. que me ofrecería novedades para regocijo de mi espíritu.

La galera a bordo de la cual viajaría conducía a varios intérpretes por cuenta de la Compañía de los Mezendoros, para prestar su colaboración en el tráfico entre ambas naciones.

Las cosas que me contaban los marinos no cabían en mi mente, por mucho que yo hubiera experimentado lo pródiga que es la Naturaleza en sus creaciones. Y sin embargo...

Antes de entrar en materia quiero advertir a los censores rígidos y malhumorados, que no frunzan el ceño ante las cosas que voy a contar, porque les parezcan contrarias a la Naturaleza y, en consecuencia, increíbles. Ya sé que es increíble cuanto voy a contar; pero lo presencié, fui su testigo ocular. Las gentes toscas e ignorantes que jamás pusieron un pie más allá de su umbral, consideran fábula todo cuanto ocurre lejos de su puerta; pero los sabios, sobre todo los que están versados en física, saben por experiencia cuán variada es la naturaleza en sus producciones, y por ello prestan un juicio equitativo a los relatos de los viajeros por absurdos que parezcan.

Antaño se vio en Escitia a hombres llamados *arimaspes*, que solo tenían un ojo en la frente, mientras otros tenían los pies vueltos hacia atrás. En Albania hay gente con cabellos blancos desde su infancia. Los sarmatas no comían más que cada tres días. En África todavía se celebra la memoria de ciertos personajes que verificaban mil encantamientos pronunciando determinadas palabras. Entre los de Iliria se han visto gentes cuya mirada fulminaba cuando se hallaban coléricas. Cada uno poseía dos pupilas en cada ojo. En las montañas de la India se encontraron hombres con cabeza de perro, que ladraban como ellos, y otros que llevaban sus ojos a la espalda... También en la extrema India se descubrieron hombres erizado de pelo todo su cuerpo, o de plumas, que se alimentaban del olor de las flores que olfateaban. ¿Quién sería el que creyera todas estas cosas y otras por el estilo, si Plinio, grave autor, no asegurara que él mismo se las oyó contar, no a quien las leyó, sino a quien las vio con sus propios ojos? ¿Quién creería, en fin, que la tierra es cóncava y que encierra en sus entrañas un sol con sus planetas, si tal misterio no lo hubiera descubierto yo mismo? ¿Quién creería, añado, que existe un país habitado por árboles animados y razonables, si mi experiencia no dejara lugar a dudas? No obstante, a nadie se las reproché; confieso que yo mismo tuve mis escrúpulos antes de emprender viaje. Y ahora...

Nos era tan favorable el viento cuando emprendimos nuestro viaje, que no tuvimos necesidad de emplear los remos, puesto que las velas nos bastaban. Cuatro días después decayó el viento y entonces hubimos de recurrir a ellos. Viendo el capitán o patrón del barco lo duro que me era el esfuerzo de remar, permitió que descansara de cuando en cuando, eximiéndome al fin del oficio de esclavo. Quizá su compasión se fundara en su credulidad de mi inocencia o porque juzgase digno de mejor suerte al autor del invento de las pelucas.

Pronto me encargó que rizara y peinara la suya, transformándome de forzado en peluquero. Su bondad fue en aumento, y cuando enviaba gentes a tierra siempre me incluía entre ellas para satisfacer mi natural curiosidad. Durante algún tiempo nada encontramos, y por fin distinguimos unos bultos extraños en el mar: eran sirenas que, aprovechando la bonanza del mar nadaban a nuestro encuentro para pedirnos limosna. El idioma en que hablaban era muy parecido al de los martinianos, pudiéndose entender con facilidad con los viajeros. Una de ellas pidió un trozo de carne salada, y cuando se lo di gritó que yo sería un héroe poderoso y glorioso. Semejante profecía me dio risa, pero los martinianos me aseguraron que rara vez fallaban las predicciones de las sirenas. Después de ocho días de navegación, descubrimos el país que los pilotos llamaron Picardania.

Cuando entrábamos en su primer puerto vi que revoloteaba una urraca por encima de nuestro navío. Me dijeron que se trataba del inspector general de Aduanas y Gabelas. Me causaba risa verle moviéndose en el aire siendo tan grave personaje. ¡Admití que si él, siendo jefe, era urraca, sus empleados tendrían que ser moscas! Después de volar alrededor del barco, voló a tierra y regresó acompañado de otras tres urracas inferiores. Todas juntas se posaron en la popa de la galera. Creí reventar de risa cuando vi a nuestros intérpretes aproximarse respetuosamente a ellas y hablarles... Se informaban las urracas de si llevábamos contrabando, sobre todo hierbas de las llamadas *slac*. Es normal el registro del navío entero, maletas, cofres, a la busca de la citada hierba, severamente prohibida. La razón es que los naturales del país cambian cosas útiles por hierbas extrañas, disminuyendo así el precio de las del país, que sirven para idénticos usos. En esto se parecen los picardanos a los europeos, que estiman las cosas en razón de la distancia del lugar que las produce.

El inspector general de aduanas descendió a nuestro navío con sus urracas ayudantes. Al salir nos miró de reojo, demostrando así que el comercio con los picardanos nos sería impedido porque traíamos contrabando... Pero nuestro capitán, que conocía muy bien los métodos que hay que emplear para apaciguar a los inspectores de aduanas, le regaló unas cuantas libras de la hierba *slac*, dejándole ya más suave que un guante. Esta fue la señal para dejarnos descargar y vender nuestras mercancías. Poco tiempo después llegó la tropa de urracas comerciantes para verificar sus compras.

El capitán bajó a tierra con unos cuantos de nosotros, y todos fuimos a comer en casa del inspector general aludido antes. Hicimos la comida en el suelo, pues allí se desconoce el uso de las mesas, y el servicio resultó brillante y espléndido. Renuncio al relato de los detalles de la cocina, de la biblioteca... Las casas de los picardanos no se diferencian mucho de las nuestras, salvo en los cuartos de dormir, cuyos lechos se instalan cerca del techo, a semejanza de los nidos.

No nos detuvimos mucho tiempo en aquel país, en guerra entonces con sus vecinos, los tordos. Después de tres días de navegación arribamos al País de la Música y, cuando bajamos a tierra, vi que uno de nuestros intérpretes se nos adelantaba llevando consigo un violón. Me pareció ridículo, por ignorar su aplicación. Al parecer, aquello era un desierto y no veía qué se podría hacer con un violón allí. Pero cuando el capitán hizo sonar la trompeta avisando nuestra llegada, su sonido hizo acudir a treinta violones que saltaban con el único pie que poseían. En mi vida había encontrado nada que me maravillara tanto. Aquellos violones, pues, eran los habitantes del país; tenían un cuello largo al final del cual se encontraba una pequeña cabeza; el cuerpo era estrecho y ceñido, y estaba cubierto por una especie de pulida corteza de tal modo colocada, que entre ella y el cuerpo quedaba un espacio vacío... En medio del vientre, y sobre el ombligo, la Naturaleza había dispuesto un caballete con cuatro cuerdas. Toda la máquina se mantenía en un pie que, saltando, recorría grandes extensiones. Se les hubiera podido tomar por auténticos instrumentos de música, si no poseyeran dos brazos y manos; en una sostenían el arco y con la otra pulsaban las cuerdas... Nuestro intérprete les interpeló tañendo el instrumento que llevó para ello, y al instante recibió respuesta comunicándose sus ideas por medio de la sinfonía.

Quizá tocaron un adagio al comienzo de su charla, y muy armoniosamente; un momento después herían nuestros oídos las disonancias; por fin, todo acabó en un dulce y grato presto que arrancó gritos de júbilo a nuestra tripulación, que deducía que acababa de convenirse el precio del cargamento. En efecto, los primeros aires en grave tono señalaban el preludio del encuentro que acababa de tener lugar, y significaban los cumplidos. Las disonancias representaban la disconformidad en los precios, mientras el presto final aseguraba ya el acuerdo entre ambas partes.

Supe que cuando alguno de aquellos seres se ve convicto de un crimen, sufre el castigo de perder su arco, máximo suplicio para él. Por aquellos días supimos que iba a celebrarse un juicio y acudí al tribunal para ver cómo se procedía jurídicamente en música. Los abogados, en vez de hablar, requerían sus arcos arrancando resonancias de las cuerdas de su vientre. Durante el alegato solo se oyeron disonancias, reduciéndose la elocuencia a mover dedos y brazos produciendo sonidos. En cuanto la defensa cesó, el juez se levantó, requirió su arco y tocó un adagio, aire que contenía su sentencia. Entonces los ejecutores se levantaron arrancándole su arco al culpable.

Como bien pronto estuvieron resueltos nuestros negocios, nos hicimos a la vela para poner rumbo hacia
un país cuyo nauseabundo olor le precedía: Pyglossia.

Los naturales de este país difieren poco de los hombres, salvo en que hablan por el trasero... El primero
que acudió a saludarnos a bordo era un rico comerciante que venía, apestándonos, a tratar del valor de
nuestras mercancías. Desgraciadamente para mí cayó
enfermo, apenas llenar, nuestro barbero, lo cual me
obligó a utilizar a uno del país. Aunque parezca men-
tira hablan más que los de Europa. Cuando acabó de
afeitarme, de tal modo quedó apestada mi cámara,
que tuvimos que quemar enorme cantidad de incienso para disipar el tremendo olor. Muy acostumbrado
estaba yo a lo maravilloso, pero el defecto de aquella
gente se me resistía por demás. Menos mal que solo
permanecimos entre ellos el tiempo imprescindible a
nuestros negocios, partiendo apenas terminaron éstos
por miedo a pechar con una comida, con la cual nos
quería obsequiar uno de los ricachos del país, y que
nos hubiera obligado a exigir silencio mientras durara.

Mientras levábamos anclas, los pyglossos que nos
despedían desde el muelle nos deseaban, con el trasero, que hiciéramos dichosa navegación. Y como el
viento soplaba precisamente desde su dirección, les

rogamos que suprimieran sus cumplidos. Las mercancías que les dejamos consistían en agua de rosas, perfumes diversos y pomadas aromáticas.

La Tierra Glacial era nuestro objetivo presente, y me pareció el más desdichado país del mundo. Montañas y montañas cubiertas de nieve; sobre la cima de esas montañas, a las que jamás ilumina el sol, se ven a los habitantes del país, de hielo también. De todo se desprende una niebla que flota eternamente... Los valles, en cambio, están abrasados por el fuego cuando brilla el sol alumbrándolos. Los habitantes de las cimas solo se atreven a abandonarlas cuando está nublado el cielo, pues si el sol les sorprende en el descenso, les funde en el acto. Por eso los criminales son llevados a las planicies, para que los derrita el sol.

Todos los países que acabo de mencionar se encuentran bajo el dominio del emperador de la comarca propiamente llamada Mezendora, pues las otras provincias no reciben ese nombre más que por el capricho de los que se lo quieren dar. Existe gran distinción entre ellas. El País Glacial produce toda clase de minerales, excepto oro; pero como no pueden forjar los metales a causa del fuego que les destruye si lo afrontan, son los mezendóricos quienes los explotan. La comarca en que reside el emperador es el centro de tan vastos estados.

Llegamos a la capital después de ocho días de navegación, y allí encontramos cuanto los poetas han cantado acerca de bestias, árboles y plantas dotadas de razón. Todo animal, o árbol, que obedezca las órdenes del Estado tiene derecho a ciudadanía. Se temería que tan copiosa mezcla de criaturas de diversos géneros y especies pudiera perturbar o inquietar a quienes las gobiernan, pero no es así, la misma diversidad es la que produce mejores efectos, ayudada por la sensatez de las leyes que ha estatuido normas referentes a empleos solo encargados a los más competentes. Así, los leones mandan en razón de su natural valor; los elefantes componen el senado por su profunda sabiduría; los camaleones sirven a la corte porque son inconstantes y variables... Las tropas terrestres se componen de osos, tigres y demás animales guerreros. Las del mar contienen bueyes y toros, porque se necesitan en ellas gentes sencillas y rudas, durase inflexibles. Hay una escuela de marina para instrucción de jóvenes bueyes, a los que se nombra cadetes, oficiales de marina y prefectos marítimos... Los árboles ocupan los empleos de jueces, por su natural moderación; las ocas son abogados de tribunales superiores mientras de los inferiores lo son las urracas. Los zorros son embajadores, legados, plenipotenciarios, agentes y secretarios de embajada. Los cuervos se encargan de la administración de las fincas rústicas. Todos los machos cabríos son filósofos y, frecuentemente, gramáticos; a ello les ayudan los cuernos con que pueden defenderse de sus adversarios, y las barbas venerables que les distinguen de las demás criaturas. Los caballos son cónsules o senadores. La propiedad de los campos está en poder de las serpientes, topos, lirones y ratas. Los pájaros ofician de correos y mensajeros. Los asnos son diáconos, porque saben rebuznar. Los ruiseñores, chantres y músicos. Los gallos se encargan de la guardia de las ciudades, cuya ronda hacen. Los perros actúan de centinelas ante las puertas. Los lobos son financieros, arrendatarios, y los pájaros de presa, sus oficiales.

Semejante cuidado en dar a cada uno lo que le es propio, hace que todo esté administrado ordenadamente. Hubo un tiempo, hará trescientos años, y bajo el emperador Lilako, en que se abolió la institución que acabo de elogiar, y esto ocasionó terribles trastornos al país. Todos pretendían, al distinguirse en sus cualidades propias, alcanzar otros cargos, y en el desempeño de estos nuevos fracasaban, dañando a la sociedad.

La primera visita que recibimos a bordo fue la de un flaco lobo, inspector de aduanas, al que acompañaban sus ayudantes. Registraron con tanto acierto nuestro barco, que nos demostraron su competencia en el oficio de inspectores. El capitán, terminado aquello, tuvo la amabilidad de llevarme con él a tierra; al llegar ante las puertas de la ciudad, un gallo nos interrogó detenidamente, y habiendo llevado nuestras respuestas al director general de aduanas, éste nos invitó a su mesa. Su esposa pasaba por ser una de las más hermosas lobas del país, y no nos acompañó, porque su marido era muy celoso y no la mostraba jamás a los extranjeros y menos a gentes de mar, cuya continencia forzosa les hace considerar apetecibles a todas las mujeres que se encuentran en tierra. Pero había otras mujeres en la comida, entre ellas la esposa de un capitán de navío, una vaca blanca manchada de negro... A su lado se hallaba una gata negra de provincias, casada con un montero de la corte. Junto a mí, sin embargo, estuvo una cerda manchada, mujer de un inspector de cloacas, pues estos cargos los desempeñan individuos de la raza porcina muy sucia, que comía sin tener lavadas sus manos, como es habitual en esta clase de gente. La señora cerda me resultó excesivamente oficiosa, ofreciéndome a cada paso de todo, lo cual asombraba a todos, que bien conocían lo poco educados que suelen ser los cerdos. Hubiera dispensado con mucho gusto a mi vecina de mesa de todos sus cuidados, que tanto me repugnaban. Debo consignar, antes de seguir en mi relato, que aquella gente mezendórica no obstante su condición de brutos, tienen manos que se mueven independientes de sus patas; como todos son velludos o cubiertos de plumas, no llevan ropas encima, distinguiéndose los ricos de los pobres por los collares que se cuelgan o las cintas que entrelazan a sus cuernos. La mujer del capitán de navío llevaba los suyos tan recargados que apenas si se le advertían.

Terminada la comida, comprobé que la cerda hablaba animadamente con uno de nuestros intérpretes: ¡le estaba confesando el amor que sentía hacia mí! Él prometió hablarme e inclinarme a satisfacer su pasión... Me habló, en efecto; pero al ver que no podría esperar éxito me aconsejó que huyera, asegurándome que la cerda removería cielo y tierra hasta conseguir lo que deseaba de mí. Me escondí en el barco sin atreverme ya a bajar a tierra, sobre todo porque supe que un antiguo amante de la dama en cuestión —estudiante de filosofía por cierto—, inflamado por los celos, me buscaba por todas parte para darme muerte. La dama me asediaba con cartas, versos... Lamento que al naufragio de aquella nave me dejara sin mis papeles, porque entonces hubiera podido enriquecer mis memorias con algunos documentos cochinos.

Por fin, y después de vencer una serie de inconvenientes que nos resultaron por la riña entre uno de nuestros marineros y un indígena, enderezamos rumbo hacia Martinia. Sobrevino bonanza cuando ya estábamos en alta mar, obligándonos a plegar las velas. Entretuvimos la espera con la pesca al arpón y con caña, pero pronto se levantó un vientecillo y desatamos las velas de nuevo. Encontramos nuevas sirenas bañándose entre el hermoso oleaje y lanzando tristes lamentos que amedrentaron a la tripulación, que sabía que los lamentos de sirenas presagian tempestad... Y así fue. Poco tardó el cielo en cubrirse de nubes espesas, y menos aún en desencadenarse la tormenta con una violencia que no conocía nuestro piloto, veterano de aquellos mares. Nuestro navío hacía agua por todas partes, tanto por las olas que lo barrían como por la lluvia que caía entre horribles truenos. Todos los elementos se conjuraron en contra nuestra. Un rayo desgajó el palo mayor, las olas rompieran el de mesana y uno tras otro todos los mástiles corrieron la misma suerte. Todos creyeron llegada su última hora y llamaban a sus esposas, hijas, padres, amantes, a voces desgarradoras. Abandonando el timón para tranquilizarlos vino el piloto, tan acobardado como ellos, y les dijo que ni los llantos ni los gemidos servían para salvarse, y que había que armarse de paciencia y mantener la esperanza. Cuando así hablaba, un golpe de viento se lo llevó al abismo; otros tres le siguieron pronto.

El único que permanecía inalterable era yo, porque me era indiferente morir y porque no deseaba regresar a Martinia, donde bien sabía lo que me esperaba. Figuraba, pues, en él número de los que ni la miseria ni la muerte quebrantan. Intentaba reanimar a mis compañeros por medio de palabras de aliento, pero perdía el tiempo: el miedo se había adueñado de ellos, y solo acertaban a lamentarse, incluso el capitán, al que una ola se llevó, tragándoselo ante mis ojos. Crecía la tormenta, el navío corría a merced de las olas, rotos sus cables, abandonado el timón desmantelado... Cuerpo informe, en fin, de vigas y planchas.

Tres días servimos de juguete al viento y al mar, abrumados por un hambre canina y el horror de morir. Los marineros se regocijaron súbitamente a la vista de unas rocas cerca de unas montañas, y como el viento soplaba hacia allá, esperaban alcanzarlas en poco tiempo. Era evidente, sin embargo, que nos estrellaríamos al aproximarnos a la orilla; quedaba apenas la esperanza de que alguno pudiera salvarse por medio de maderas y despojos de nuestro pobre barco.

Mientras lo pensábamos así, chocamos contra un peñasco y el barco se hizo mil pedazos; me agarré a un madero e intenté salvarme sin pensar en nadie más. Debieron de perecer todos, ya que no volví a oírlos hablar.

Las olas me condujeron hasta la playa, salvándome la vida. Tan extenuado de hambre y de fatiga iba yo que no pude hacer ningún esfuerzo por salvarme. Me hallé en una punta de tierra que avanzaba sobre el mar, ahora en vías de apaciguarse... y pronto cesé de oír su oleaje. El país en que me encontraba era montuoso, formando sus colinas y ribazos valles profundos y tortuosos que, unidos a las sinuosidades de las costas, retienen la voz y devuelven su eco... Probablemente grité, sin reflexionar aún, por si alguien me oía y venía en mi auxilio. Al primer grito no sentí nada, pero después de insistir percibí sonidos que se acercaban. De golpe me encontré con los habitantes del país que acudían desde sus selvas y se dirigían hacia mí sobre una especie de chalupa hecha con ramas de arbusto, mimbres y encina, lo cual demostraba que no eran muy civilizados.

No obstante, la vista de aquellos remeros me colmó de júbilo. Eran parecidos a los hombres, y los únicos que de mi especie había encontrado hasta entonces. Como los habituales de las zonas tórridas llevaban barbas negras y cabellos cortos y crespos. Se acercaron y me recogieron en su chalupa, teniendo buen cuidado de reanimar mis fuerzas por medio de comida y de agua. Por fin, a los tres días de hambre y de sed podía saciar mis necesidades.

Pronto me vi rodeado de una multitud de gente que me hablaba sin que la comprendiera. Constantemente repetían la palabra *Dank, Dank*, que tan fuerte sonido alemán tiene. Les hablé en latín; después, en alemán, en danés...; pero ellos no me entendieron. Tampoco comprendieron el martiniano ni la lengua nazárica. Pensé que aquella nación era salvaje y que carecía de comercio y trato con las demás subterráneas. Me acongojé, previendo que me sería preciso volver a la infancia e ir de nuevo a la escuela.

Cuando nos hartamos de hablarnos sin entendernos, me llevaron a una cabaña construida con ramas entrelazadas. En ella no había asientos ni mesas, pues se tiraban al suelo para comer. Extendiendo en el suelo un poco de paja componían su lecho. Y esto teniendo madera en abundancia, pues el país era rico en bosques.

La comida consistía en leche, queso, pan de cebada y carne sometida al fuego. Con nada más contaba su cultura gastronómica, y me veía obligado a vivir en filosofo cínico entre aquel pueblo hasta que aprendiera su lengua y pudiera corregir su ignorancia. Cuando conseguí esto, todas mis órdenes se cumplieron como oráculos, y tan grande se hizo mi reputación, que acudían de todas partes a verme como si fuera un ilustre doctor enviado por los cielos. Hasta se empezaron a contar los tiempos a partir de mi llegada, lo cual era bastante más halagüeño que todo lo que me ocurriera en Nazar o en Martinia, en donde fui el juguete de todos, ya por mi vivacidad, ya por mi estupidez. ¡Qué verdadero es el refrán de que en el país de los ciegos el tuerto es rey.

Porque yo estaba en un país donde, con poco saber y mediocre habilidad, tenía ocasión de alcanzar los mayores honores, pues no me faltaba ocasión para desplegar mis conocimientos. La tierra producía de todo, rindiendo con creces lo que se le pidiera.

Aquellos hombres no eran díscolos ni carecían de espíritu; pero, no sabiendo nada, vegetaban entre espesas tinieblas. Tuve buen cuidado de contarles mi origen, de hablarles de mi patria, del viaje y del naufragio, sin lograr que me creyeran. Me imaginaban como habitante del Sol, descendido a ellos para favorecerles; por eso me dedicaron el nombre de *Pikil-Su*, que significa «Enviado del Sol»...

No negaban la existencia de Dios, pero no se molestaban en probar tan inmenso dogma. Toda su teología consistía en continuar en la creencia de sus padres. De la moral solo conocían el precepto que aconseja no hacer el mal que no queremos nos hagan. No reconocían más ley que la voluntad de su emperador. Si alguno cometía una acción villana, todos se apartaban de él, y no había peor castigo para los criminales; muchos morían o se suicidaban.

Tampoco tenían la menor idea de la cronología, y no sabían computar el tiempo, contentándose con marcar un cierto número de años por el eclipse del sol que acaecía por interposición del planeta Nazar; de modo que, cuando querían fijar la edad de alguien, decían que había vivido tantos o cuantos eclipses. Su física era por el estilo. Sus bienes y riquezas las constituían cerdos sobre todo, que enviaban a pastar a los bosques. Azotaban al árbol que no daba fruto, pretendiendo locamente que su esterilidad procedía de su malicia o de su envidia. Tal era el estado de aquella nación, que yo no desesperaba de poder remediar, por lo cual acumulaba fuerza para sacarla de su ignorancia. El éxito que obtuve me hizo ser estimado como hombre divino. Llegaron a creer que nada era imposible para mí.

El emperador residía en un lugar alejado por ocho jornadas del pueblo en que me hallaba entonces. La ciudad-capital era ambulante y sus palacios consistían en tiendas que transportaba consigo la familia imperial y su séquito de un extremo al otro de la provincia. Casba se llamaba el monarca reinante, y era ya anciano. Sus enormes estados recibían los insultos y vejaciones de los vecinos, viéndose obligado a pagar tributos a las más despreciables naciones.

La fama de mi nombre y de mis virtudes se extendió de tal modo, y se me atribuyó un poder tan maravilloso, que oí peticiones de lo más absurdo y loco: una mujer estéril me pidió un hijo; unos ancianos, la juventud, etc. Fatigado de aquellas pretensiones descabelladas, me esforzaba en educarlos para evitar que acabaran por considerarme un dios. El emperador de los quamitas, que éste era el nombre de mis amigos, me envió treinta diputados para que me llevaran a la corte; todos iban vestidos con pieles de tigre, adorno glorioso del país, solo permitido a los que se han distinguido guerreando contra los tanaquitas, tigres razonables y enemigos acérrimos de los quamitas.

Yo vivía en una casa que hice levantar y construir con piedras, al estilo europeo, provista de dos pisos, sin zaguán. Los diputados penetraron en ella respetuosamente, creyéndola extraordinaria máquina y hasta santuario. Me explicaron humildemente los deseos de Su Majestad Imperial, y yo les di las gracias y me dispuse a acompañarles.

Aquellos señores habían tardado catorce días en venir, pero ahora esperábamos emplear muchos menos gracias a mi industria y diligencia. Habiendo descubierto que el país sostenía gran cantidad de caballos que, por no ser utilizados, constituían una verdadera carga, y que corrían salvajemente por los bosques, hice cazar unos cuantos y enseñé su doma y uso a mis quamitas. Ya teníamos domados algunos cuando llegaron los embajadores, y les hice preparar para usarlos en nuestro viaje.

No os podéis imaginar el asombro de aquellos hombres y su vacilación antes de decidirse a cabalgarlos. Pero cuando me vieron a mí y a mis amigos hacerles caracolear, galopar, volver, detenerse sin peligro, gracias a las bridas, nos imitaron. Esta fue la razón de la brevedad de nuestra marcha.

La ciudad imperial, mientras tanto, se trasladó a otra provincia; cuando la alcanzamos sería absurdo querer expresar el asombro de los habitantes, que nos vieron llegar a caballo. Tan enorme fue el terror difundido, que muchos cortesanos quisieron huir, y hasta el emperador temblaba en su tienda, sin atreverse a salir de ella. Cuando uno de los embajadores echó pie a tierra y fue a explicar al soberano de qué se trataba, renació la calma.

Horas después fui presentado al emperador; me seguía una inmensa muchedumbre. Casba me recibió sentado sobre un tapiz y rodeado de todos sus oficiales. Así que le presenté mis respetos, se levantó y me pidió noticias del Rey del Sol, fundador de la familia imperial de Quema... Su pregunta me hizo comprender que habría de conformarme con las ideas de los quamitas, por falsas y erróneas que me parecieran.

Respondí que el monarca del Sol me había enviado a la Tierra para mejorarla en sus salvajes costumbres, enseñando a los quamitas a rechazar a sus enemigos y a extender los límites de su propio Imperio, añadiendo que traía orden de terminar mis días entre ellos.

Mi discurso agradó muchísimo al emperador. Ordenó que me prepararan una tienda cerca de la suya y me asignó quince criados que me sirvieran en todo. No solo no afectó arrogancia, sino que trató de ganarse mi amistad con sus bondades.

# IV

## De cómo Klim era
## y dejó de ser emperador...

Desde mi llegada a la corte me dediqué a formar de nuevo al país, ejercitando a la juventud en las armas. Comencé por enseñar la doma de caballos y prácticas de tipo militar, porque confiaba contener a los pueblos vecinos con la presencia de la caballería. Tanto me esforcé en el logro de mis fines, que en poco tiempo pude presentarle al emperador más de seis mil jinetes. Por entonces nos llegaron informes sobre el proyecto de los tanaquitas: habían resuelto invadir nuevamente el imperio quamita, aduciendo la falta de pago de un cierto tributo. El emperador me instó a que marchara contra ellos provisto de mi gran caballería, a la cual debería unirse la infantería, que yo había armado con picas y dardos, a fin de que pudiera combatir de lejos contra sus enemigos. Antes de mi llegada, la verdad es que la misma infantería no servía para gran cosa, pues cómo usaba puñales y cortas espadas se veía obligada a luchar cuerpo a cuerpo con gentes más robustas y fuertes que ellos. General yo ahora del ejército, supe que los tanaquitas avanzaban hacia las fronteras de Quama, que incluso las pisaban ya, y me puse en movimiento dispuesto a combatirles por todos los medios y en todas partes. A la vista de mi ejército, se detuvieron pasmados los tanaquitas, cosa que aprovechamos para lanzarnos de golpe sobre ellos. Infantería y caballería se portaron muy bien y les causamos enormes destrozos, cogiéndoles prisionero a su general con veinte tigres de la alta nobleza tanaquita. Podrá comprenderse la delirante alegría que recorrió el imperio quamita al saber esta victoria, cuando siempre había sido derrotado. El emperador quiso seguir la costumbre de matar inmediatamente a los prisioneros; pero yo me opuse a ello, aconsejándole que se limitara a tenerlos estrechamente vigilados.

Como descubrí la abundancia de salitre en el país, ordené que se recogiera una gran cantidad para fabricar pólvora de cañón. No hablé a nadie, salvo al emperador, cuya autoridad me era precisa para crear talleres donde se fundieran tubos de hierro para los mosquetones, de mi proyecto. Yo confiaba en que las nuevas armas acabarían pronto con nuestros enemigos, y reafirmé mi, esperanza cuando hice las primeras pruebas, que causaron el máximo asombro a los que las presenciaron. Cierto número de soldados se ejercitó en su manejo y, cuando fueron capaces del éxito, el emperador me nombró *Jachal*, general en jefe de todos sus ejércitos. Estaba a mis órdenes soldados, tenientes generales, mariscales de campo, brigadieres y coroneles... También tenía a mi servicio, y con interés oía sus opiniones, Tomopolke, el general capturado a los tanaquitas. La verdad era que este militar me era muy grato por su virtud y cultura; me habló del carácter, humor y situación de su país; me dijo que entre ellos existía un pueblo muy belicoso que les obligaba a permanecer siempre alerta. Pequeño de talla, muy inferior a los tanaquitas en cuanto a sus fuerzas físicas, pero no en lo que a su juicio se refería; prudente y diestro, a nadie le cedía en habilidad, obligando a los tanaquitas a pedirles la paz. Supe, en resumen, que semejante nación estaba compuesta por gatos, y que se destacaba entre todos los pueblos del Firmamento por su cortesía y su penetración.

Por mi parte veía que la prudencia y la sabiduría, la penetración y la habilidad estaban bien repartidas entre todos los pueblos subterráneos, excepto entre los quamitas. Y éstos eran, ¡ay! los únicos hombres que allí había. Menos mal que seguía alimentando mi esperanza de que tal oprobio terminara pronto y pudieran recuperar los quamitas el imperio que la Naturaleza dio al hombre sobre todos los demás animales.

Después de su derrota quedáronse tranquilos los tanaquitas un cierto tiempo; pero al saber por sus espías que la caballería, que tanto les aterraba, no eran más que bestias domadas y adiestradas, recuperaron el valor y reclutaron nuevas tropas, a la cabeza de las cuales se puso el propio rey. Y marcharon nuevamente contra los quamitas, formando un ejército de veinte mil tigres, soldados todos veteranos, exceptuando dos regimientos de reciente creación y cuyos efectivos solo de soldados tenían el nombre. Animados con su fe en la victoria, reiteraron su irrupción en el imperio de los quamitas. Les salí inmediatamente al encuentro acompañado por doce mil infantes y cuatro mil caballos; seguro del triunfo, rogué al emperador que se pusiera él también al frente de sus tropas, un poco antes del gran combate. Aquello no restaba nada a mi gloria, pues todo el ejército sabía ya que yo era el alma de todo aquello.

En poco tiempo lo dispuse todo para vencer ordené a mis fusileros que cargaran después del primer choque, queriendo ensayar si podría batirme con el enemigo utilizando solo la caballería. Este intento pudo costarme caro, pues los tanaquitas se lanzaron con tal furor sobre nuestra infantería, que la deshicieron y casi pusieron en fuga. Inútilmente cargó contra ellos nuestra caballería, porque sostuvieron el ataque con un vigor inimaginable. Por fin logré que avanzaran los fusileros y que hicieran su primera descarga cuando más empeñado y sangriento era el combate. El efecto fue prodigioso: aturdidos, los tanaquitas no sabían de dónde partían tales truenos, y cuando los localizaron huyeron transidos de terror. Bien es cierto que la primera descarga echó a tierra, por lo menos, a doscientos tigres. Di orden de repetirla, y obtuve mayor espanto en el enemigo; hasta el rey fue alcanzado por una bala, que le mató. Perdida entonces toda esperanza, volvieron la espalda los tanaquitas, y sobre ellos precipité yo mi caballería para que les causara los mayores estragos. Todos los caminos se cubrieron de muertos, hasta el punto de que se interceptó el paso.

Llegó el día de que entrara victorioso nuestro ejército en el país enemigo tantas veces vencedor suyo; después de varios días de marcha acampamos ante las puertas de la capital, ventajosamente emplazada, fortificada y abastecida. Su jefe salió a entregarnos las llaves, pues nadie se atrevía a combatirnos ya. Era una ciudad grande y bien edificada, en contraste con las de los quamitas; nunca pude comprender cómo éstos, rodeados de tantas naciones civilizadas, pudieron permanecer entre tinieblas.

Como la toma de la capital de Tanaquit comprendía la de todo el reino, el desprecio en que vivieron siempre los quamitas se vio convertido en estima y veneración. Para todos era indiscutible que mi sabiduría y esfuerzo lograron el prodigio, que no se podía detener allí, porque era preciso seguir educando a mis amigos, ya en el camino del poderío y la satisfacción.

Después de dejar bien guarnecidas todas las plazas fuertes conquistadas, me dediqué a organizar la enseñanza de las artes liberales en Quama; para ello escogí doce tigres sabios y los hice profesores, fundando con ellos una universidad donde pudieran enseñar. También me llevé la biblioteca del rey de los tanaquitas y, como tenía noticias por Tomopolke de que en ella se encontraba un libro escrito por cierto autor que había viajado por nuestro globo, la escudriñé con impaciencia. Como aquella obra que me interesaba estaba en poder de los tanaquitas en virtud de una incursión suya a distante pueblo, se ignoraba todo lo que pudiera arrojar luz sobre ella.

¡Sí, allí estaba el libro en cuestión! Tuve que confesar a Tomopolke mi verdadero origen, mi patria, asegurándoles que asimismo lo dije a los quamitas al llegar, sin que ellos me quisieran creer. Añadí que consideraba criminal retener el título de Enviado del Sol que ellos me concedieron, y que estaba dispuesto a revelar mi verdadera procedencia, seguro ya de que mis méritos no padecerían por ello. Tomopolke hizo un gesto de disgusto y me dijo lo siguiente.

—Muy ilustre héroe: mejor será que leáis el libro antes de afrontar vuestra decisión; quizá su lectura os haga cambiar de idea, pues una de dos: o su autor es un embustero, o las costumbres de los europeos son tan extravagantes y ridículas, fundándose en leyes y costumbres absurdas, que merecen risa mejor que veneración. Esperad, pues, a conocer el contenido del libro, y entonces sabréis lo que hacer. Os aconsejo que no rechacéis aún el título que tanto respeto ha inspirado a los quamitas, porque para contener a los mortales en estado de sumisión nada hay mejor que deslumbrar a los vulgares con símbolos de nobleza y de elevado nacimiento.

Teniendo en cuenta el consejo de mi sensato amigo, resolví leer el libro en cuanto dispuse de su traducción. Se titulaba *Viaje de Tanien a la Tierra, o descripción de las regiones subterráneas y, en particular, de Europa.* Como aquel libro estuvo tantísimo tiempo entregado al polvo, padecía tal deterioro que no pude satisfacer mi deseo de saber qué caminos siguió su autor para subir hasta nosotros y cómo regresó a su tierra subterránea... Extractaré lo más notable que encontré, y que me fue traducido por el noble y valeroso Tomopolke antiguo generalísimo de los tanaquitas.

«*Alemania.*— Este país lleva el nombre de Imperio Romano pero esto no es más que un título, puesto que la monarquía romana hace siglos que se extinguió. No es fácil entender la lengua que hablan los alemanes por culpa de su enrevesada construcción, ya que lo que en las otras lenguas está al principio se encuentra al final en la de los alemanes, por lo cual no se entiende el sentido de lo que se lee hasta que se llega al final de la página. La forma de su gobierno es extraña; los alemanes creen tener un rey y no es verdad; dicen que Alemania constituye un solo Imperio y está dividida en multitud de estados independientes que se hacen la guerra entre sí. El Imperio es llamado *Grande* siempre, aunque de vez en vez se le arranque un pedazo. Se le llama *Santo* careciendo de toda santidad, e *Invencible*, aunque sufra frecuentes vejaciones por parte de sus vecinos. Los derechos e inmunidades de esta nación son menos notables; varios de sus privilegios tienen intervenido su ejército. Se han escrito infinidad de comentarios para aclarar el estado de este Imperio, pero los comentaristas no han avanzado mucho en tan embrollado asunto, pues...

*Francia.*— La capital de este reino es muy grande, se llama París y puede considerarse como capital de toda Europa, ya que ejerce una cierta jurisdicción sobre las demás naciones europeas. Tiene el derecho de prescribirles la manera de vivir y de vestirse, hasta el punto de que un traje, por incómodo y ridículo que sea, si gusta a los habitantes de París debe ser adoptado e imitado por las otras naciones. Decir cuándo y cómo han adquirido los parisinos tal derecho resulta imposible. Solamente sé que su soberanía se extiende por encima de todas las demás naciones de Europa, que a menudo guerrean contra los franceses y les imponen condiciones de paz muy duras. Pero existe esta servidumbre de los trajes y de los modos de vestir, que no acaba. Cuanto inventa París en ese género debe ser puntual y religiosamente observado por toda Europa. Por lo demás, los parisinos se parecen bastante a los martinianos por la vivacidad de su juicio, su afán por la novedad y la fertilidad de su ingenio.

*Roma.*— Después de haber abandonado Bolonia nos fuimos a Roma. Esta ciudad se encuentra bajo el dominio de un prelado que, a pesar de la pequeñez de sus estados, pasa por ser el más poderoso príncipe de Europa. Los otros potentados solo tienen poder sobre los biénes y los cuerpos de sus vasallos, mientras el romano puede mandar también en las almas.

No pretendo hacer el panegírico de los subterráneos ni ensalzar nuestras costumbres al referirme a las de los europeos; solamente quiero referir algunas para demostrar lo injusta e infundada que es la crítica que Europa ejerce sobre los demás mortales, a quienes considera bárbaros.

Es uso general allí extender sobre los cabellos una harina hecha de ciertos frutos de la tierra que la Naturaleza creó para alimento de los hombres. Esta harina se llama generalmente polvo. Todas las noches se la sacude de encima para extenderla al día siguiente otra vez. Usan también una cobertura que llaman sombrero, hecha para preservar la cabeza del rigor del frío, pero, por lo regular, ese sombrero se lleva bajo el brazo, incluso en el cogollo del invierno, lo cual me pareció tan insensato como si viera que alguien llevara por la ciudad su camisa o sus calzones en la mano, exponiendo de este modo a las injurias del aire su pobre cuerpo, para cuya conservación fueron hechas esas prendas.

En la mayor parte de las grandes ciudades es costumbre, después de comer, convidarse los amigos a beber una bebida negra, hecha con el jugo de habas tostadas, vulgarmente llamada *café*. Cuando salen para ir a beber este líquido se encierran en una caja colocada sobre cuatro ruedas y tirada por dos poderosos animales, pues no es honroso entre los europeos caminar sobre sus pies.

*Inglaterra.*— Los ingleses son tan celosos de su libertad como no lo son de sus mujeres. El único yugo que soportan es el de sus esposas. Arrojan mañana la religión que abrazaban hoy, como hoy arrojaron la que profesaban ayer. Su irresolución debe proceder de la configuración de su país, una isla cuyos habitantes tienen el humor parecido al flujo y reflujo del mar, en medio del que viven.

Los ingleses se informan cuidadosamente de la salud de los que encuentran, de modo, que se les creería médicos a todos. Pero he notado que la pregunta *How do you do?*, o sea, *¿Cómo está usted?*, no es más que una vana manera de hablar que nada significa. En fin, los ingleses cultivan tanto su ingenio y tanto se esfuerzan espiritualmente, que lo suelen perder todo.

Al norte existe una república compuesta por siete provincias que se llaman unidas, aun cuando no se percibe en ellas el menor síntoma de concordia y de unión. En ellas el pueblo pretende que toda la soberanía le pertenece y, sin embargo, no hay ningún estado en donde los plebeyos participen menos en los puestos políticos, y en donde el gobierno esté reservado a menor número de familias... ¡Los habitantes de estas siete provincias son infatigables en amasar riquezas que no disfrutan, pues llevan siempre repleta la bolsa y vacío el vientre! En elogio de esta nación hay que decir que es la más limpia del mundo: en ella se lava todo, menos las manos.

En las ciudades y pueblos de Europa hay gente que vela por la noche para cantar las horas por las calles. Os desea un buen reposo cantando, o rugiendo, y despertando al mundo entero.

Cada región de Europa tiene sus costumbres, a menudo diametralmente opuestas a sus leyes. Así, por ejemplo, según la ley, la mujer debe obedecer a su ma-

rido, y, según la costumbre, es el marido quien obedece a su mujer.

Entre los europeos se estiman, principalmente, a los
que se tragan todos los bienes de la tierra; los labriegos, campesinos y cuantos alimentan a esos glotones
son menospreciados.

Se puede calcular la maldad de los europeos por los
patíbulos que se encuentran en todas partes. Cada ciudad tiene su particular verdugo. En Inglaterra no he visto esto, porque cada inglés sabe ahorcarse a sí mismo.

Los antiguos italianos mandaban sobre la tierra en-
tera y obedecían a sus mujeres, mientras los italianos
de hoy tiranizan a sus mujeres y se doblegan vergonzosamente ante todas las naciones.

Los animales de Europa se dividen en terrestres y
acuáticos; los hay también anfibios como las ranas, los
delfines y los holandeses. Éstos habitan en los pantanos. Los europeos se alimentan como nosotros, pero
los españoles no comen más que viento.

El comercio florece en Europa, en donde existe gran
tráfico de mercancías que desconocemos.

La pereza en España es distintivo de hombre galan-
te, pues nada es más noble allí que el sueño.

Entre las gentes de letras son estimados sobre todos
aquellos que invierten de tal modo el orden de las pa-

labras que transforman en oscuro y embrollado lo que era claro y evidente. Estas gentes se llaman allí, generalmente, *poetas*, y su inversión de palabras, *poesía*. Pero el mérito de un poeta no consiste solamente en lo extraordinario de su estilo; es preciso, además, que sea un gran embustero. Por eso se le rinden honores casi divinos al viejo Homero, que destacó en los dos extremos citados. Otros muchos quisieron imitarlo, invertir como él las frases y destruir la verdad; pero ninguno logró alcanzarlo.

Los sabios de Europa compran ávidamente libros, pero no buscan tanto la materia como el formato, papel e impresión.

Las universidades de Europa son mercados o tiendas en las cuales se negocian honores y ciencias. Se venden a precios razonables, grados, doctorados, dignidades..., cosas todas que solo se adquieren en nuestro mundo subterráneo a fuerza de trabajo y de aplicación.

Se distinguen los sabios de los ignorantes por sus costumbres, cortesía y religión. Los primeros solo adoran a un Dios, mientras los segundos a varios y a buena cantidad de diosas. Las principales divinidades de los sabios son Apolo, Minerva, las musas y varias otras deidades de menor importancia... La gente de letras se divide en filósofos, poetas, gramáticos, físicos y metafísicos.

El filósofo es un comerciante literario que por un determinado precio vende preceptos sobre la renuncia de sí mismo, la temperancia, la pobreza... Declama y escribe contra los ricos, hasta que él se vuelve rico también. El padre de los filósofos es un cierto Séneca que, haciendo todo lo que digo, reunió tantos tesoros como un rey.

El poeta es un hombre al que las bagatelas y el furor poético hacen recomendable. Este furor es lo que constituye el mérito de los poetas de primer rango, pues los que manifiestan sus pensamientos con sencillez y claridad no merecen coronas ni premios.

Los gramáticos forman una especie de tropa cuya misión es turbar el reposo público. Difieren de los otros soldados en que llevan toga, y en lugar de espada se sirven de la pluma. Combaten obstinadamente por medio de letras y de sílabas, como los otros, por la patria y la libertad. Cuando los disturbios llegan hasta ocasionar muertos, el senado interpone su autoridad, como últimamente hizo el parlamento de París con respecto a las disputas que se enzarzaron sobre el uso de las letras K y Q...

El físico escudriña las entrañas de la tierra, examina la naturaleza de los bípedos, cuadrúpedos, reptiles e insectos; en una palabra: lo conoce todo menos a sí mismo.

El metafísico es un sabio que conoce lo que ignoran los demás, describe y define la naturaleza de los espíritus y de las almas, aquello que existe y lo que no. Por tener la vista penetrante ignora lo que hay debajo de sus pies.

Tal es el estado de la República de las Letras en Europa. Hace falta añadir en elogio de sus doctores qué no solo enseñan lo que saben, sino mucho más; y ello no deja de ser relevante, pues si resulta difícil comunicar lo que sabemos a la perfección, ¡cuánto más no será comunicar lo que se ignora! Se encuentran, además, en Europa ciertas personas muy letradas que se dedican a la teología y a la filosofía con igual ardor. Como filósofos, dudan de todo, y como teólogos, no se atreven a negar nada.»

Escuché hasta el fin aquella lectura, estimando que el autor del libro era poco equitativo y que con frecuencia se entregaba a su negra bilis. No obstante, comprendí que la advertencia de Tomopolke era acertada y mantuve el error de los quamitas respecto a mi origen, viendo que era más conveniente pasar por Enviado del Sol que por europeo.

Entretanto, nuestros vecinos se habían mantenido largo tiempo tranquilos, dejándome el placer de ordenar el Estado; y he aquí que súbitamente supimos que tres poderosas naciones se acababan de aliar contra nosotros: Arctones, Kispucianos y Alectorianos. Los primeros eran osos dotados de razón, que pasaban por feroces y belicosos. Los segundos eran gatos muy célebres en el mundo subterráneo por su sagacidad y valor de juicio, siendo menos temibles por su fuerza física que por sus invenciones y estratagemas de guerra. Los terceros hacían la guerra en el aire, pues eran gallos armados con flechas envenenadas que disparaban con admirable maestría.

Irritadas aquellas tres naciones con el éxito alcanzado por los quamitas y por la derrota de los tanaquitas, que les aproximaba la guerra a ellos, resolvieron unirse y con sus armas abatir nuestra naciente potencia. Antes enviaron embajadores que nos pidieron la libertad de los prisioneros tanaquitas, a la que no accedimos. El emperador les manifestó que solo a su locura y orgullo podían achacar los prisioneros su derrota. Ante semejante respuesta nos declararon la guerra.

Rápidamente reuní yo un ejército de cuarenta mil hombres, de los cuales ocho mil eran de caballería y dos mil fusileros. El propio emperador, aunque muy anciano, quiso asistir a la expedición, y, tan ansioso de gloria estaba, que no lograron hacerle desistir de su actitud ni las plegarias de su esposa ni de sus hijos.

Nuestro ejército, provisto de cuanto necesitaba, se puso en marcha. Combatimos contra todos nuestros enemigos, a quienes se sumaron los tanaquitas, anteriormente vencidos; después de violentos y empeñados combates, vencimos a los kispucianos, a los arctones y a los alectorianos. En uno de los momentos de mayor enardecimiento, el emperador, que se encontraba en primera línea, fue alcanzado por un dardo envenenado... Cayó del caballo herido de muerte; lo llevamos a su tienda y en ella expiró pocas horas después.

No quise decirlo a los combatientes por miedo a que se desmoralizaran. Cuando concertamos una tregua con los alectorianos —nuestros más empeñados enemigos— para enterrar a nuestros muertos, mandé fundir las balas de mosquete que nos quedaban y fabricar granadas con ellas. Mi invento tuvo un éxito enorme, pues hizo perecer a más de la mitad de nuestros enemigos, que se vieron obligados a pedirnos la paz. El ejemplo de los alectorianos fue seguido por los arctones y los kispucianos, que se nos entregaron con todas las plazas fuertes de su país.

Terminadas nuestras hazañas guerreras, reuní al Consejo de Generales y Grandes del Imperio para decirles.

—Muy ilustres, muy nobles y muy valientes señores. No dudo que sepáis muchos de vosotros los cuidados y penas que sufrí para que nuestro emperador desistiera de hacer esta expedición. Pero su gran valor no le permitía quedarse ocioso en la corte mientras nosotros exponíamos nuestras cabezas ante el enemigo. Puedo jurar que aquélla fue la única negativa que recibí suya, y plegue a Dios que en otras ocasiones no hubiera sido tan dócil a mis peticiones para haberlo sido ahora. Hubiéramos vuelto triunfantes a la ciudad imperial y la alegría de nuestros venturosos no se hubiera turbado por ningún motivo de duelo. No puedo ni debo ocultaros por más tiempo el accidente funesto que nos asestó un rudo golpe. Sabed, señores, que el emperador recibió una herida mortal cuando combatía valerosamente. ¿Qué duelo, qué dolor no traerá a nuestros corazones la pérdida de un príncipe tan grande? Por mi dolor, señores, juzgo el vuestro. Pero no os dejéis abatir. La muerte de semejante héroe es el resultado solamente de su condición humana, pero no el fin de su vida. Sí, señores el emperador vive todavía para vosotros en la persona de los dos príncipes, sus hijos, que seguirán las huellas de su glorioso padre, siendo tan imitadores de sus virtudes como herederos de su Imperio. Por eso no habrá diferencia más que en el nombre del monarca que tengáis. El príncipe Timuso es el mayor de los herederos y, por lo tanto, el qué debe suceder en derecho a su padre. Bajo sus auspicios y en su nombre mandaré de hoy en adelante su ejército. A él prestaremos todos juramento y a él obedeceremos en el porvenir..

Apenas había terminado yo de hablar cuando todo el consejo se puso a gritar:

—¡Queremos por emperador a Pikil-Su!

Me conmovieron aquellos gritos, derritiéndome en lágrimas, y rogué a aquellos señores que recordaran la fidelidad que debían a la casa imperial y a los beneficios recibidos, tanto en general como en particular, del difunto emperador. Añadí, en fin, que si me encontraban digno de algo podría servir al Estado de otra manera. Pero todo fue inútil. Las tropas acudían desde todas partes, aumentaba el clamor, y todos repetían lo que dijera el consejo. Me retiré a mi tienda ordenando a mis centinelas que no dejaran entrar a nadie, esperando que cuando remitiera el ardor del celo de los soldados todos se calmarían y cada uno pensaría más cuerdamente. Pero los jefes de, las tropas, reuniendo a todo el mundo, corrieron a mi tienda, forzaron la guardia y, a mi pesar, me revistieron los ornamentos imperiales, sacándome fuera de mi tienda y proclamándome, al son de trompetas y tambores, emperador de Quama, de Tanaquit, de Arctonia, de Alectoria y gran duque de los kispucianos. Viendo que no había, modo de resistir, seguí la corriente y confieso que no con disgusto... ¿Y quién lo hubiera podido sentir viéndose en posesión de un imperio, tres reinos y un gran ducado? El agua llegaba hasta la boca del hombre menos ambicioso del mundo.

En el acto envié correos al príncipe heredero para darle cuenta de lo ocurrido y advertirle que debía defender sus derechos declarando nula toda elección hecha contra las leyes del Estado. A pesar de esta diligencia, yo estaba resuelto a no abandonar, así como así, un Imperio que me había sido ofrecido sin que yo lo pretendiera; por ello mi gestión cerca del príncipe era una manera de sondear sus sentimientos... Aquel joven rival, que poseía un espíritu penetrante y un juicio mesurado, y que conocía los rodeos que siguen los hombres para conseguir sus deseos, juzgó que mi modestia era simulada y, cediendo al alud, siguió el ejemplo del ejército y me hizo proclamar también emperador en la Ciudad Imperial.

Llegué poco después acompañado por los jefes militares que me llevaban en triunfo. El pueblo acudió en masa aclamándome con alegría, y pocos días más tarde fui solemnemente coronado con las ceremonias acostumbradas en tales circunstancias. ¡De naufrago a emperador! Tenía qué ganarme la amistad de los que yo sabía muy unidos a la familia imperial a fin de aumentar el número de mis adeptos en las asambleas públicas y particulares. Por eso desposé a la hija del difunto emperador, Ralac.

Aunque ya tenía hechas grandes cosas, y en gran cantidad, quise inventar nuevos modos de elevar el Imperio Quamítico a un grado de potencia que le hiciera temible para todas las naciones subterráneas. Situé fuertes guarniciones en todas las plazas fuertes de las naciones recientemente subyugadas. Traté con bondad a los vencidos, e incluso elevé a algunos de ellos a los primeros cargos de mi corte. Honré, principalmente, a los generales prisioneros Tomopolke y Monsone, lo que me atrajo la animadversión de los generales quamitas, que llegaron a retirarse... Esta fue la chispa del gran incendio al que luego aludiré. En cuanto a las ciencias y al arte militar, hice todo cuanto pude por exaltarlos a su perfección. Como el país estaba cubierto de espesas selvas que proporcionaban abundante madera, me apliqué a la construcción de navíos a fin de equipar las flotas al modo europeo.

Los kispucianos no carecían de instrucción respecto a todas estas obras y me prestaron gran ayuda en los astilleros que establecí. Nombré gran almirante de nuestra armada al general Monsone: Sesenta días después de la tala de un bosque, una flota de veinte navíos se encontraba dispuesta para hacerse a la vela. ¡Si se trabajaría con ardor!

Ante tantos éxitos yo me veía como un Alejandro del mundo subterráneo que operara las mismas revoluciones que el macedonio sobre nuestro globo. La pasión de dominar es inagotable. Algunos años antes, un empleúcho de diácono, de escribiente o de ayudante de procurador constituía el máximo de mis aspiraciones; y ahora poseía cuatro o cinco reinos, y no me bastaban: por culpa de mi creciente avaricia, jamás me encontré tan pobre ni tan indigente.

Los pilotos kispucianos me pusieron al tanto del estado, naturaleza y situación de las tierras que conocían. Comprendí, oyéndoles, que en ocho días de feliz navegación podría llegarse a las orillas del Imperio Mezendórico, desde donde, por la ruta que ya había yo hecho anteriormente y que conocía, podríamos pasar a Martinia.

Pusimos velas con rumbo al país, principal objeto de mi empresa; sus riquezas, su finura, la habilidad de sus habitantes en la navegación, que dominaban, y de la cual podían dar lecciones útiles al hombre que acometiera grandes cosas, eran suficiente motivo para animarme a someter a tal nación a mi obediencia, aunque, si he de decir verdad, lo que más me impulsaba era el deseo de vengarme de viejas injurias.

Nombré al mayor de los dos príncipes de Quama para seguirme en mi expedición, bajo pretexto que sería buena ocasión para Su Alteza de demostrar su valor y demás virtudes militares; pero, en el fondo, me lo llevaba como rehén que me respondiera de la fidelidad de los quamitas. El otro príncipe fue dejado en Quama, pero sin autoridad; la regencia del país durante mi ausencia residía en la emperatriz, mi esposa, que estaba embarazada.

Toda mi armada consistía en veinte navíos, grandes y pequeños. Fueron construidos bajo la dirección del general kispuciano Monsone, a quien se lo encargué yo. El mismo trazó los planos para que se construyeran dichos barcos a semejanza de los de los martinianos, que representaban entre los subterráneos lo que tirios y sidonios para nosotros en la antigüedad, o lo que ingleses y holandeses arrogándose actualmente el imperio del mar.

Tres días llevábamos surcando las aguas marinas cuando vimos una isla cuyos habitantes me parecieron fáciles de someter. No tenían armas ni conocían su uso. Se limitaban a combatir con injurias y maldiciones. En aquel país se encierra a los malhechores, se les procesa y, en lugar de ahorcarlos, los atar y exponen a las injurias y maldiciones de ciertas gentes llamadas sabutes, injuriadores, que vienen a ser allí lo que entre nosotros los verdugos. Físicamente, los habitantes del citado país no se diferencian mucho de los hombres, salvo en que son las hembras, y no los hombres, las que tienen barbas. Ambos tienen las plantas del pie vueltas hacia atrás.

En cuanto pisamos la isla, unos trescientos canaliscos —que tal es su nombre— vinieron a nuestro encuentro para atacarnos con sus armas de costumbre: imprecaciones y envenenadas invectivas que nos tradujeron unos alectorianos que las entendían. Prohibí que les maltrataran y solamente dejé que dispararan un arcabuzazo para atemorizarlos. Esto les produjo tan enorme efecto, que se arrojaron a nuestros pies pidiéndonos misericordia. Para ellos, nos confesaron los altos personajes cuando se sometieron también, no era deshonroso claudicar ante los invencibles. La conquista de aquel territorio aumentó mi poder, pero no la gloria de mis armas.

Después de recibir los tributos que exigí, levamos anclas y navegamos unos cuantos días más felizmente; al cabo de ellos arribamos a Mezendora. Reuní mi consejo de guerra para saber si sería mejor que la fuerza el envío de una embajada al emperador, por si prefería rendirse sin intentar la suerte de las armas. Prevaleció mi criterio y designé una diputación compuesta por cinco: un quamita, un arctiniano, un alectoriano, un tanaquita y un kispuciano. Cuando llegaron a la ciudad imperial fueron interrogados por el gobernador en nombre del emperador; momentos después se presentó éste, y ellos le entregaron de mi parte la siguiente misiva:

«Niels Klim, por la gracia de Dios emperador de Quama, Enviado del Sol, rey de Tanaquit, de Arctonia, Alectoria, gran duque de Kispucia, y señor de Canalisco, a Miklopolate, emperador de Mezedora, ¡salud!

Sabrás que, por un designio del cielo, todas las naciones del mundo tendrán que someterse al dominio del monarca de Quama, y como tal decreto es indiscutible, tendrás que entregar tu Imperio a igual destino. Te exhorto, pues, a una rendición espontánea, advirtiéndote que no debes hacer correr a tus estados los riesgos de una guerra, oponiéndote a nuestras victoriosas armas. Evita la efusión de sangre y el rigor de tu propia suerte por medio de una pronta sumisión. Dado en nuestra flota...»

Tardaron varios días en volver mis emisarios, y a su regreso me trajeron una respuesta muy enérgica: era preciso renunciar a toda negociación y penetrar en el país. Desembarcamos nuestras tropas y las dispusimos para la batalla, mientras enviábamos algunos soldados para que nos trajeran noticias del enemigo. Pronto supimos que avanzaba hacia nosotros un ejército con sus banderas desplegadas. Lo componían sesenta mil combatientes entre leones, tigres, elefantes, osos y aves de rapiña... Apostados ventajosamente aguardamos al enemigo a pie firme; cuando estuvo a la vista, envió cuatro zorros o embajadores para tratar, decían, de negociar con nosotros. Conferenciaron varias horas con mis generales y se retiraron sin resolver nada. Comprendí que aquellos emisarios eran espías más que embajadores. Efectivamente, poco después vimos avanzar al ejército opuesto y, juzgando yo que nada cabía esperar de las presuntas negociaciones, di orden de partir la diferencia y nos dirigimos contra ellos.

Rudo y obstinado fue por ambas partes el combate. Si bien nuestros fusileros causaron gran mortandad, los elefantes supieron conservar su puesto sin preocuparse de que nuestras balas resbalaran sobre su dura piel. Ahora bien, al ver el efecto de nuestra artillería enfilada contra ellos, empezaron a huir. Treinta mil mezendoros quedaron en el campo de batalla, y a veinte mil hicimos prisioneros. Los que lograron huir para refugiarse en la bien fortificada capital, sembraron en ella el espanto y el desorden. Nosotros, aprovechando nuestra victoria, la sitiamos por mar y tierra; pero pronto recibimos una embajada que nos proponía condiciones de paz más razonables que las anteriores. El emperador me ofrecía en casamiento a su hija, con la mitad de su imperio como dote. Esto me contrarió mucho, ya que no me parecía honrado repudiar a mi esposa para casarme con una leona.

Devolví a los embajadores sin respuesta y ordené que se dispusiera la artillería contra las murallas de piedra, que pronto quebrantaron nuestros disparos. La ciudad estaba repleta de toda clase de animales; se les oía rugir, aullar, mugir, rebuznar y balar con espantoso ruido. Las serpientes se escondían en las grietas del suelo, los pájaros levantaban el vuelo abandonando aquella infortunada ciudad para retirarse a las rocas y lugares de mayor elevación... Los árboles temblaban y sus hojas cubrían las calles. Supimos que, a la primera descarga de nuestra artillería, veinte damiselas de palacio, que eran rosas y lirios, se marchitaron de temor. Un prodigioso amasijo de animales de toda especie, tanto del campo como de la ciudad, se arracimaban unos sobre otros sofocándose con el calor y los insomnios. Semejante confusión producía enfermedades. Los que mejor resistían eran los elefantes, pero apenas oyeron el bramar de nuestros cañones huyeron aterrados. Entonces el emperador de Mezendora, desesperado de su situación, reunió su consejo y trató con ellos de la paz. Resolvieron someterse, y mi poder se vio aumentado con un imperio y diez o doce reinos o principados, ya que los otros pequeños soberanos, siguiendo el ejemplo del emperador, se me rindieron también.

Después de un éxito tan asombroso como aquél, nos preparamos para la partida. Dejé seiscientos fusileros como guarnición de la ciudad imperial e hice llevar al emperador prisionero a mi flota, ordenando se le rindieran toda clase de atenciones durante el viaje. Al llegar a Quarna le entregué una provincia, cuyos rendimientos bastaban para sostenerlo regiamente.

Levamos anclas y fuimos sometiendo a toda la costa de Mezendora. En mi ruta exigía tributos a las distintas naciones que estuvieron bajo el poder de Miklopolate, de modo que por el solo terror a mis armas vencía a cuantos componían el imperio mezendórico. La mayoría de las naciones eran las que yo vi cuando venía sobre el navío martiniano. Jamás me fue más grato este país que ahora que lo atravesaba lleno de alegría y como emperador vencedor de muchas naciones, ¡yo, que había sido un forzado en él! Pensé que debía darme a conocer a los martinianos para inspirarles terror y respeto, pero mudé de opinión cuando reflexioné que era preferible mantener en su error a los quamitas por lo que a mi nacimiento se refería, conservándome como Enviado del Sol.

Los martinianos amasaron sus riquezas a favor del comercio que efectuaban con los más alejados países del mundo subterráneo, y por medio de sus riquezas disponían de la adhesión de los pueblos más belicosos, dispuestos a acudir en su socorro a la menor señal de peligro. Añadid a esto que los propios martinianos sobresalían entre todos por su marina, y que nuestros barcos estaban groseramente construidos junto a los suyos, y que se movían más pesadamente, como fácilmente se comprenderá si se piensa que fueron construidos bajo la dirección de un bachiller en filosofía. ¿Qué habrían pensado los daneses y los holandeses si los hubieran visto? Menos mal que la artillería cubría sus deficiencias y que ésta la desconocían los martinianos.

Me entusiasmaba la idea de ir sobre ellos, conociendo su indolencia. Antes de emprender la acción, les envié embajadores para que el Senado aceptara las mismas condiciones de paz que ofrecimos al emperador vencido. Mientras aguardábamos su respuesta vimos venir hacia nosotros, a velas desplegadas, una armada bien equipada y tal como jamás hubiéramos podido imaginar... A su vista ordené la disposición de mi flota rápidamente, y di la señal de combate. Se batió con idéntico rigor por ambas partes. En lugar de cañones poseían los martinianos máquinas con las que nos arrojaban gruesas piedras que causaban gran daño a nuestros barcos... Largo tiempo anduvo dudosa la victoria. Mis gentes vacilaban entre la batalla y la huida. Pero al fin logramos cambiar la faz del duelo y abatir el coraje de nuestros enemigos, que volvieron proa y huyeron. No pudimos atrapar ninguno de su navíos, superiores a los nuestros en ligereza. Teniendo libre el mar, desembarcamos en la costa y marchamos sobre la capital. Nos encontramos por el camino a nuestros embajadores, que nos traían una altiva respuesta de los martinianos, dueños del mar a su entender.

Mas, ¡ay!, que se vieron obligados a reunir sus tropas diligentemente y a afrontarnos heroicamente. Nuestros primeros cañonazos los dispersaron y, como los perseguimos para hacerles gran matanza, juzgamos sus pérdidas por la enorme cantidad de pelucas que hallamos en el campo de la guerra. Calculamos unas cinco mil. La forma de las pelucas ya había cambiado,

y distinguí entre ellas unas veinte variedades, ¡tan in-
geniosa e inventora era aquella nación!

Después de la derrota que les inferimos, sitié Martinia. Cuando todo estaba dispuesto para dejarla en rui-
nas, se nos rindieron los senadores, viniendo a nuestro
propio campo. Firmado el tratado de sumisión abso-
luta, entramos triunfalmente en la plaza. A nuestra
llegada no nos asombró el tumulto y terror acostum-
brados en las ciudades vencidas, sino un triste silencio, un sombrío disgusto que anegaba a los espíritus...
Era lastimoso ver a los ciudadanos recorrer las calles,
mirar sus casas, no saber qué hacer ni decir ante lo que
les pasaba. Pero en cuanto afirmé que no causaríamos
el menor daño a la ciudad, el dolor se transformó en
gozo. Me personé en la dependencia donde se hallaba
el tesoro publico y me maravillé a la vista de las riquezas que encerraba. Hice distribuir una parte entre mis
tropas y el resto lo reservé para mis finanzas. Dejé una
guarnición en Martinia y me llevé en mi flota a algunos
de sus senadores como rehenes.

Entre aquellos caballeros se encontraba el mismo
síndico, cuya mujer me acusara falsamente del crimen
por el cual fui condenado a galeras. No creí oportuno
vengarme, porque un emperador debe olvidar las injurias. Me disponía a someter a las vecinas naciones

de los martinianos, cuando llegaron embajadores de cuatro reinos que me enviaban su adhesión. Tenía ya tantos países bajo mi imperio, que ni me tomé la molestia de averiguar el nombre de aquellos reinos nuevos sometidos, contentándome con ponerlos bajo el título general de Estados de la Martinia.

\* \* \*

Después de tan maravillosas hazañas nos volvimos a Quama, aumentada nuestra flota con la de los martinianos. Jamás los romanos hicieron nada que alcanzara la magnificencia de nuestra entrada en Quama, pues yo había hecho tantas cosas que no había pompa ni fiesta que no me mereciera. En poco tiempo metamorfoseé un pueblo antaño juguete de las otras naciones en señor de esas mismas naciones que le rendían ahora vasallaje. Nada mejor para un hombre como yo, trasplantado entre tantas criaturas heterogéneas, que haber asegurado para ellas el Imperio que la Naturaleza concedió al hombre sobre todos los demás animales. Se necesitaría un volumen entero para contar los agasajos que me prodigaron mis súbditos; me contentaré con decir que abrí un nuevo tiempo en su historia. Me parecía que podía contar cinco monarquías: la de los asirios, persas, griegos, romanos y quamitas; y ¡hasta me atrevía a suponer que esta última aventajaba a las otras en poderío y grandeza! Por eso adopté el título de *Koblu*, es decir, el *Grande*, que me fue ofrecido por los quamitas y las vencidas naciones. Confieso que tal título era vano y orgulloso, pero si se considera que los Ciros, Alejandros, Pompeyos y Césares poseían méritos sin duda inferiores a los míos, se encontrará que no era excesivo para un héroe como yo. Es verdad que Alejandro subyugó a Oriente, pero, ¿con qué tropas? ¡Con viejos soldados encallecidos en guerras continuas, como eran los macedonios, bajo su padre, Filipo! Pero yo había, en poquísimo tiempo, sometido a mi imperio naciones más bárbaras que los persas con tropas rudas y salvajes que yo mismo fui obligado a formar. He aquí los títulos que a continuación adopté:

*Niels el Grande, Enviado del Sol, emperador de Quama y de Mezendoria, rey de Tanaqui, de Alectoria, de Arctonia, de todos los reinos y estados mezendóricos y martinianos, gran duque de los kispucianos, señor de Martinia y de Canalisco, etcétera, etcétera.*

Porque, después de alcanzar un grado de prosperidad y poderío por encima de lo que el humano corazón se atreve a desear, me ocurrió lo que a los que desde baja condición se ven elevar a la grandeza, y es que, olvidando mi primer destino, me entregué al orgullo. Y en lugar de atender a los intereses, costumbres y beneficios del pueblo, devine un cruel perseguidor de todos los órdenes del Estado, despreciando como esclavos a todos aquellos que me atraje antaño por mi afabilidad. Nadie tenía ya el honor de hablarme sino después de ciertos actos de adoración, y cuando, por fin, los recibía en audiencia, era mi aire arrogante y desdeñoso lo que pronto me desvió los espíritus y cambió por terror la amistad que sentían por mí. Pronto lo pude comprobar con motivo del reconocimiento como sucesor mío del joven príncipe, dado a luz por mi esposa durante mi ausencia. Nadie, en verdad, se atrevió a oponerse a mis órdenes ni a las ceremonias de entronización, que tuvo lugar con toda la pompa imaginable; pero fácil era notar que los rostros de mis vasallos estaban cubiertos por una máscara de alegría; mis sospechas se confirmaron al saber que habían sido fijados en las esquinas unos pasquines donde mordazmente se reconocía que semejante elección estaba en pugna con los derechos del príncipe Timuso.

Como todo aquello me turbó, no tuve reposo hasta liberarme del buen príncipe. No me atrevía a eliminar abiertamente a un descendiente del soberano a que tanta gratitud debía, y soborne a gentes que lo acusaron de traición. A los soberanos nunca les faltan ministros dispuestos a servir sus criminales designios, y yo encontré miserables que aseguraron bajo juramento que el príncipe preparaba desórdenes para atentar a mi vida. Acto seguido lo hice detener y poner en prisión. Su proceso lo llevaron a cabo jueces que yo corrompí y lo condenaron a muerte... La sentencia se ejecutó a puertas cerradas por temor a una reacción. En cuanto al otro príncipe, como era muy joven aún, diferí sacrificarlo a mi tranquilidad. La debilidad de su edad lo salvó por algún tiempo.

A partir de la muerte de su hermano, comencé a reinar con tanto rigor y crueldad que mi furor llegó hasta el asesinato de varios personajes cuya fidelidad me parecía dudosa. No pasaba día que no se ensangrentara con una muerte, lo cual desencadenó la rebelión de los grandes, como iré refiriendo.

Declaro que merecía las desgracias que me sobrevinieron a continuación. Y que hubiera sido más decente y glorioso para un príncipe cristiano llevar al conocimiento del verdadero Dios a aquella nación, salvaje e idólatra, que ensangrentar sus manos con tantos pueblos inocentes llevándolos de guerra en guerra. Seguramente me hubiera sido más fácil convertir a todos los quamitas, puesto que ellos acogían con avidez mis palabras teniéndolas por oráculos, pero el olvido en que yo tenía a Dios y me tenía a mí mismo me hizo no pensar más que en el vano resplandor y en el aumento de mi poder... Entregado a mis malos deseos, prefería colmar de descontento a mis súbditos, como si las faltas cometidas pudieran reparar sus injusticias con crueldad. A los amigos que me señalaban el peligro que mi conducta atraía sobre mi cabeza, les contestaba que si procedía así «era en razón de Estado». Todo ello me atrajo un encadenamiento de desgracias y me precipitó en tal desventura, que bien puedo servir de ejemplo a los mortales enseñándoles la inestabilidad de las humanas grandezas y de qué poca duración es un reino violento y duro.

En fin, el odio de mis vasallos aumentaba con el rigor de mi gobierno, y cada cual comprobaba que mis vicios no correspondían a mi celeste origen de Enviado del Sol, comenzándose a examinar cuanto se me refería, sobre todo la causa de mi llegada y el estado en que me encontraron ellos... Se comprendió, al fin, que todo lo asombroso llevado a efecto por mí se debía a la ignorancia de los quamitas más que a mis propias luces; claro que esto fue posible comprenderlo porque aquella ignorancia ya se iba disipando, y permitía ya hasta recordar que yo me había equivocado en varias ocasiones. Mi conducta fue censurada, sobre todo por los kispucianos, que era gente clarividente y sagaz. En los edictos míos advirtieron detalles que demostraban una gran ignorancia, por mi parte, de los asuntos públicos. Nada tenía de extraordinario, puesto que mis preceptores jamás pensaron en cetros ni en tronos para mí, y se limitaron a educarme como a niño destinado a ser pastor o diácono, no como a sujeto que obtendría el gobierno de un enorme imperio. Mis estudios, pues, no fueron más allá de un cierto sistema teológico y de algunos términos metafísicos, nada convenientes a mi actual misión de gobernador de dos imperios y casi veinte reinos. En resumen: que los martinianos habían notado también que los navíos de guerra construidos por mí eran tan pesados que no servían en un combate contra una armada bien calibrada..., por lo cual, mi gloria se debía solamente al cañón.

Tan adversos rumores circularon por todas partes, trayendo a la memoria el estado en que me hallaba al llegar a aquellas comarcas sobre una plancha que se libró del naufragio..., cubierto de harapos y medio muerto de hambre. Tales condiciones no correspondían, ahora se daban cuenta, a un Enviado del Sol. Añadid a esto que los martinianos, muy versados en la astronomía, que comunicaron parcialmente. a los quamitas, demostraron a éstos que el Sol era un cuerpo inanimado situado en mitad de los cielos por el Todopoderoso, a fin de que alumbrara y calentara a sus criaturas, haciéndoles sacar la consecuencia de que un globo de fuego no podía ser país de ningún animal terrestre.

Todos aquellos discursos en contra mía, diarios, no me afrontaban abiertamente, pues se temía mi enorme poder. Por eso estuve mucho tiempo sin conocer hasta que punto llegaba el odio de mis vasallos y lo que me deseaban. Un libro en lengua «canalista», *El náufrago dichoso*, me abrió los ojos por fin. Ya se recordará lo que dije de los canaliscos, los más certeros maldicientes que imaginarse pueda, y que en sus guerras solo se servían de su mala lengua. Aquella obra contenía todas las acusaciones a que me referí y estaba escrita en un estilo agrio, mordaz, propio del genio de los canaliscos, famoso en tal clase de esgrima. Tanta era la debilidad de mi espíritu y la confianza que tenía en mis propias fuerzas, que nada lograba apartarme de mi conducta, ni inspirarme otra mejor. Los avisos saludables aumentaban mi crueldad en lugar de apaciguarla; llegué a condenar al tormento a los que suponía sospechosos, pretendiendo descubrir así al autor del citado libro. Pero todos sufrieron los tormentos más feroces con admirable tesón, sin que mi rigor lograra mayor efecto que indisponer aún más a todos contra mí, cambiando su odio en furor. Los buenos consejos que despreciaba me iban empujando, de cabeza, al precipicio.

Tal era el estado de las cosas cuando decidí deshacerme de Hicoba, nombre del príncipe que vivía aún. Confié mi designio al gran canciller Kalacen, en quien tenía, toda mi confianza; él me prometió su colaboración y salió a ejecutar lo que yo le encomendara... Como en él fondo de su corazón aborrecía aquel negro deseo mío, descubrió todo el complot al príncipe y se retiró con él al sitio más fuerte de la ciudad. Allí, el canciller reunió a los soldados de la guarnición y les expuso patéticamente el estado de las cosas; su discurso, acompañado por las lágrimas del príncipe, pesó mucho en el espíritu de los soldados. Corrieron a las armas protestando de que estaban dispuestos a derramar hasta la última gota de su sangre. El hábil canciller no dio lugar a que se enfriara aquel ardor y les hizo prestar juramento al príncipe, enviando al punto gentes encargadas de hablar a los que sabía indispuestos conmigo para que les contaran lo que acababa de ocurrir, excitándoles a tomar las armas contra un tirano que solo buscaba el exterminio de la antigua familia de soberanos. Entonces, todos acudieron con sus armas a la guarnición sublevada, uniéndose a ella.

Estaba yo esperando el regreso del canciller cuando supe que el tumulto se aproximaba. Tomopolke acudió a mí rogándome que me salvara yéndome con los tanaquitas; ellos levantarían un ejército para meter en cintura a los rebeldes. Sus palabras me produjeron encontradas emociones: el temor y la confianza me turbaban a un tiempo. Por fin comprendí lo sabio del consejo y salí de Quama sin obstáculos, pues mucha gente ignoraba todavía la causa de la sedición.

En cuanto me hallé en el reino de Tanaquit, ordené a todos los que estaban en edad de hacerlo que tomaran sus armas; en poco tiempo reuní cuarenta mil hombres, con los cuales volví sobre mis pasos esperando que los quamitas que me siguieran fieles engrosaran mis filas. Pero en vano lo esperé, pues en lugar de los refuerzos que me prometía me llegó un heraldo con cartas del príncipe, según las cuales el joven antagonista me declaraba una guerra legítima, como a impostor y usurpador, advirtiéndome de paso que mi mujer y mi hijo estaban presos... Horas después de la partida del heraldo descubrimos a los rebeldes avanzando ordenadamente y, como los sabía provistos de una buena artillería, no me atreví a afrontarlos mientras careciera de nuevos socorros. Tomé el partido de retroceder y pronto advertí que muchos de mis soldados desertaban dirigiéndose hacia mis enemigos, que, a su vez, aguardaban refuerzos.

Mis generales me aconsejaban luchar, y Tomopolke no se opuso. La batalla se dio en donde años atrás venciera yo a los tanaquitas. El cañón enemigo disminuía nuestras filas; y me enfurecí viendo que combatían con las armas que yo inventé y forjé. Mis tropas aguantaron el ataque de los rebeldes, hasta que un cañonazo rebelde alcanzó al bravo Tomopolke, que batallaba heroicamente, matándolo. Todos perdieron su valor y volvimos la espalda al enemigo, buscando protección en las grutas de la montaña y en los profundos bosques...

Alcancé la cima de una roca, desde donde descendí a un valle... Permanecí un momento en él, llorando mi desgracia y, sobre todo, mi locura, que demasiado tarde condenaba. La turbación de mi alma era tan grande que olvidé arrancar de mi cabeza la corona, que brillaba bajo los rayos del sol, y gracias a la cual era tan fácil identificarme. Hacía una hora que me hallaba, temblando de frío, en aquel valle, cuando oí la voz de varias personas que estaban escalando la roca y que me conminaban, furiosamente, a entregarme. Miré a todos sitios buscando por dónde huir. Llegué cerca de una caverna, y me detuve unos minutos para tomar aliento, porque jadeaba... Me deslicé después como una serpiente, vientre contra tierra, avanzando por el agujero de aquella caverna... La creí muy profunda, y como su pendiente me pareció dulce y suave, descendí por ella unos cien pasos. Me disponía a seguir caminando cuando caí en un agujero; por él, como si hubiera sido impulsado por un rayo, atravesé lugares oscuros y volé entre tinieblas inacabables... Por fin percibí una luz sin saber de dónde venía, y que poco a poco se iba pareciendo a la luz de la luna cuando rodea una nube. A medida que aumentaba aquella luz disminuía la impetuosidad de mi caída, de modo que, poco a poco, por un dulce esfuerzo, como el del nadador que surca la ola, me encontré, sin el menor daño, en medio de varias rocas, que reconocí, asombradísimo, como aquéllas por donde había descendido algunos años atrás al mundo subterráneo.

La causa del amortiguamiento de mi caída y de la fuerza impulsiva que lo originó me pareció procedía de la calidad de la atmósfera superior, cuya gravitación y pesantez son mayores que la subterránea. Si la nuestra no fuera más pesada habría corrido la misma

suerte subiendo que bajando, y acaso hubiera sido llevado a través de los aires hasta la región de la luna.
Someto esta hipótesis a un examen más detenido por
parte de los señores físicos.

# V

## El retorno a la patria

Estuve largo tiempo entre las rocas, privado de conocimiento. Mi conmocionado cerebro estaba agitado por mil ideas, tanto referentes a mi caída como a la asombrosa metamorfosis que, de fundador de una quinta monarquía, acababa en pobre bachiller hambriento. Indiscutiblemente, mi aventura era tan sorprendente y poética, que podía confundir al más equilibrado de los cerebros. Me preguntaba si lo que veía era cierto o una visión que engañaba a mis ojos. Pero comenzó a desvanecerse mi agitación, y el dolor y el desengaño sucedieron al asombro... Si se hojean anales e historias no se encontrará caída semejante a la mía, a no ser la de Nabucodonosor, que de ser el máximo monarca de su tiempo acabó transformado en feroz bestia galopando por las selvas. Yo experimenté los mismos reveses de fortuna, siendo despojado en pocas horas de dos enormes imperios y de veinte reinos; de todos ellos ya no me quedaba más que la inútil memoria. De gran potentado a maestro de escuela; de poseer el título de Enviado del Sol a una pobreza que me forzaría a convertirme en criado de algún obispo o concejal. Apenas hacía unos días que la gloria, la esperanza, la salud, la victoria seguían mis pasos, y ahora sobrevenían los cuidados, la miseria, los temores, las lágrimas, las lamentaciones... En fin, me parecía a la hierba, que durante el solsticio de verano alcanza su máximo crecimiento para secarse bien pronto. En una palabra: el dolor, el despecho, el fastidio, la cólera, la desesperación agitaban sucesivamente mi alma, hasta el punto de que quería sumergirme en la caverna para intentar un segundo viaje al mundo subterráneo, para ver si resultaba mejor que el primero. Lo que me retuvo fue el cuidado de mi alma y los principios de la religión cristiana, que impiden que uno atente contra sí.

Bajé, pues, de las escarpadas rocas para alcanzar el sendero por donde se va a Sandvik. Tan distraído iba, que tropezaba a cada paso; mi cabeza solo contenía el recuerdo de la quinta monarquía. La idea, aunque vana, persistía, quizá porque mi cabeza seguía muy turbada. Verdad es que se trataba de la pérdida de una categoría que no podrían reparar todas las ventajas que pudiera ofrecerme mi patria. ¿Qué representaría que me ofrecieran, suponiendo que ocurriera esto, el gobierno de la provincia de Bergen, e incluso el propio virreinato de Noruega? ¿Qué consuelo representaría todo aquello para el monarca, para el fundador del mayor imperio que jamás se hubiera visto? Decidí rehusar, en todo caso, cualquier gobierno que pudiera brindarme mi patria...

A la mitad del trayecto encontré algunos niños a los que llamé con gestos, rogándoles me socorrieran por medio de estas palabras: *Jeru Pikal Salim*, que significan en lengua quamita «Enseñadme el camino». Pero aquellos pequeños granujas, sorprendidos de ver a un hombre tan extrañamente vestido y con una corona en su cabeza, dieron un grito y huyeron a través de las rocas, dejándome arrastrar mis desollados pies por entre los guijarros. Llegaron a Salim una hora antes que yo y sembraron el terror por todas partes, afirmando que habían visto al Zapatero de Jerusalén errando por entre las rocas y llevando sobre su cabeza rayos semejantes a los del sol, y mostrando con suspiros los tormentos de su alma. A los que les preguntaban cómo podían saber que se trataba del Zapatero de Jerusalén, contestaban que yo mismo había descubierto mi personalidad y mi patria. Lo que sin duda les engañó era lo dicho por mí: *Jeru Pikal Salim*.

El pueblo entero se inflamó sin que nadie dudara de la verdad del hecho, mucho más porque recientemente se reavivó la vieja fábula del zapatero ambulante, murmurándose que había aparecido cerca de Hamburgo... Llegué al atardecer a Sandvik y encontré a sus habitantes distribuidos por los alrededores, con el ansia que todos los hombres padecen por ver cosas extraordinarias. Apenas me oyeron hablar, les poseyó un terror indescriptible y huyeron todos, excepto un anciano, que, más avisado que los otros, no se movió de la plaza. Lo abordé, rogándole albergara a un pobre vagabundo que deseaba terminar en paz su día.

—Cuando esté en vuestra casa —le prometí— os contaré una serie de aventuras que os parecerán por encima de lo posible, pues no hay ejemplo de ellas.

Ávido de novedades, me tomó de la mano aquel hombre y me llevó a su casa, censurando el loco temor del pueblo, que, ante el menor objeto desconocido, tiembla como ante la vista de un cometa. Me ofreció un vaso de cerveza con su propia mano, pues ni su mujer ni sus hijos, ni sus sirvientes estaban allí, porque el terror los dispersó y no se atrevían a reaparecer en su casa. Cuando consumí mi bebida; apaciguando mi sed, hablé a mi huésped en estos términos.

—Aquí tenéis a un hombre que ha experimentado los más crueles reveses de la fortuna, de quien fui juguete como jamás lo fuera mortal alguno. Es una verdad indiscutible que basta un momento para derribar las cosas mayores, y lo que a mí me ocurrió es increíble.

—Esa es —dijo aquel hombre— la ventaja de los que viajan largo tiempo. ¡Qué no se podrá ver en mil seiscientos años!

Confieso que no comprendí aquellas palabras, y pregunté qué significaban.

—Si se cree la historia —replicó—, han transcurrido mil seiscientos años desde la ruina de Jerusalén. Yo no dudo, ¡oh el más venerable de los hombres!, que nacierais mucho antes de aquel acontecimiento, pero si lo que se cuenta de vos es verdad, hay que relacionar la época de vuestro nacimiento con el reino de Tiberio.

La verdad es que pensé que mi huésped desvariaba, y fríamente le dije que lo que me decía era un enigma que exigía un Edipo. Y él, sin hacerme caso, fue a buscar un plano del templo de Jerusalén y me rogó que le dijera si estaba de acuerdo con el original. A pesar de mi dolor, tuve que reírme. Pregunté qué significaba aquel galimatías.

—¿Pero no sabéis que todos los habitantes de estos lugares aseguran que sois el famoso Zapatero de Jerusalén, que después de la muerte de Nuestro Señor fue condenado a recorrer el mundo? Cuanto más os miro más me acuerdo de un antiguo amigo mío que pereció hará cerca de doce años en la cima de esta montaña.

Ante aquellas palabras, el velo que cubría mis ojos cayó. Reconocí a mi buen amigo Avelino, cuya casa tanto había yo frecuentado en Bergen. Me arrojé a su cuello, abrazándole tiernamente.

—¡Querido Avelino —le decía—, sois vos! ¡Apenas si creo a mis ojos y a mis manos! ¡He aquí a vuestro Niels Klim, que regresa de los abismos, el mismo que se precipitó en la caverna hace doce años!

Mi amigo se encontraba aturdido y confuso ante el inesperado fenómeno.

—¡Veo —gritó, por fin— el rostro de mi querido Klim! ¡Es su voz, tan conocida, la que a mis oídos llega! —y, dudoso, aún añadió—: Pero, aunque jamás haya visto a nadie que tanto se parezca a Klim, no debo creer a mis sentidos, puesto que ya no resucitan los muertos. Necesito más pruebas para creeros.

Obligado a vencer su incredulidad, le hice un relato detallado de cuanto ocurriera antaño entre nosotros, y eso le convenció. Entonces me abrazó y lloró tiernamente en mis brazos.

—Veo al mismo hombre cuyo fantasma creía tener delante —decía—. Pero decidme, por favor, en qué parte del mundo habéis estado tantísimo tiempo oculto y de dónde habéis sacado el traje maravilloso y raro que lleváis.

Le referí punto por punto lo que me había ocurrido y me escuchó con atención, hasta que llegué a lo del planeta Nazar, a los árboles parlantes y razonables... Entonces se impacientó.

—Se advierten en vos —me dijo— todas las boberías que los sueños infunden, todo cuanto la locura puede forjar; y todo lo que la embriaguez puede imaginar de más extravagante. Mejor creería, como nuestros campesinos, que venís del mundo judío. Todo lo que se cuenta del *Pueblecillo* no son más que bagatelas a la altura de vuestro pretendido viaje subterráneo.

Le rogué que tuviera paciencia y me prestara su atención hasta que acabara el relato comenzado. Cuando vi que accedía a escucharme, le conté cuanto me ocurriera en los países subterráneos, los reveses por mí experimentados y cómo llegué a fundar una quinta monarquía como jamás se viera. Todo aquello no hizo más que aumentar las sospechas que él admitía de mi comercio con faunos y sátiros, y pensaba el pobre que, engañado por su prestigio, yo me había transformado en un segundo Ixión, y que no había abrazado más que una nube... Para mejor conocer hasta dónde llegaba el efecto del supuesto maleficio, comenzó a interrogarme sobre el estado de los bienaventurados, y sobre los condenados en los Campos Elíseos, y algunas cosas más por el estilo. Pronto comprendí a dónde tendían sus preguntas, y le declaré que encontraba mal que fuera incrédulo, ya que mi relato debía parecer, sin duda, fabuloso y poético, pero que yo no tenía la culpa de que mis aventuras fueran tan maravillosas que sobrepasaran a toda credulidad humana.

—Os juro —añadí— que no puse nada de mi invención; que os lo he contado todo sencillamente, con ingenuidad, como ocurrieron esas cosas.

Perseverando en su incredulidad, mi amigo me rogó que reposara algunos días en su casa, esperando que durante ese tiempo mi cabeza, que creía trastornada, se recuperara. Y allí permanecí, en efecto, unos ocho días, al cabo de los cuales mi huésped, queriendo probar si yo estaba tan loco como le había parecido, me remitió al capítulo de mi viaje subterráneo, colgado durante ese tiempo. Esperaba que mi quinta monarquía, mis súbditos y mis reinos habrían desaparecido sin que me quedara de ellos ni la menor idea. Pero cuando me oyó contar las mismas cosas, con el mismo orden, y que, al fin, yo acababa reprochándole su obstinada incredulidad, oponiéndole ciertos hechos que él estaba obligado a reconocer, como, por ejemplo, que doce años atrás yo me había precipitado en una caverna, y de ella volvía vestido de manera desconocida y extraña, no supo qué decirme ya. Me aproveché de su asombro y, remachando el clavo, le pregunté si mi viaje era más absurdo que el que contaba de los brujos, lemures y demás genios, que bien sabía él que eran cuentos de viejas; pero que no ignoraba que muchos filósofos habían enseñado que la tierra es cóncava y encierra un mundo más pequeño que el nuestro. Vencido por semejantes razonamientos, acabó diciéndome que mi constancia en afirmar aquellas cosas, cuya falsedad no aportaría ninguna ventaja, disipó íntegramente sus dudas. Persuadido ya de los hechos en cuestión, quiso que repitiera mi relato.

Se encantó con lo que le dije en relación con el planeta Nazar y, sobre todo, con el principado Potuano, cuyas leyes y costumbres le parecieron moldes en los que todos los demás estados deberían fundirse. Presentía que la descripción de un país tan sabio y bien regido no partía de un cerebro trastornado, y le parecía que los reglamentos, que tan prudentes le parecían venían más de Dios que de los hombres.

Entonces me instó a que le dictara cuanto le había contado, pues quería conservarlo para no olvidar ningún detalle.

Viéndole ya tan convencido de las cosas que le dijera, comencé a hablarle de mí y a preguntarle qué debía hacer en la situación que me encontraba, y qué suerte podría esperar en mi patria, yo, que tan grande y poderoso fui en el mundo subterráneo.

—Os aconsejo —me contestó— que no descubráis vuestras aventuras a cualquiera. No las admitirían. Además, ¿conocéis el celo de los pastores? ¿Ignoráis que se persiguió al hombre que demostró la inmovilidad del sol y el movimiento de la tierra, y que siguen persiguiendo a los que así lo creen? ¿Qué esperáis que hagan con vos si os oyen hablar de un mundo, de un planeta y de un sol subterráneos? Os declararán impío, herético e indigno de vivir entre cristianos. ¿Qué rayos, qué ladrillos no os lanzará Ruperto, el bachiller en artes, que el año pasado condenó a un hombre por haber creído que hay antípodas? Ese santo varón condenaría al fuego, sin duda, al autor del sistema de un nuevo mundo, ¡y de un mundo subterráneo! Opino, pues, que dejéis calladas tales cosas, en un olvido eterno, y que sigáis reposando algún tiempo más en mi casa.

Me despojó de mis vestidos y ahuyentó a todos los que venían a ver al Zapatero de Jerusalén, diciéndoles que había desaparecido. Lo cual no impidió que el rumor llegara hasta muy lejos, se hicieran profecías con tal motivo y se hablara de los males que presagiaba el presunto personaje... Nada menos que llegaron a asegurar que en Sandvik el dicho Zapatero anunció que la cólera de Dios estaba cerca, exhortando a todos para que se convirtieran... Bien se sabe que la fama es una pelota de nieve que aumenta a cada vuelta, y se comprende que aquel escándalo diera lugar a más de un cuento absurdo. Algunos hasta dijeron que el Zapatero predijo el final del mundo, fijándolo para el día de San Juan. Dios quería dar tiempo a los hombres para que se arrepintieran si no es que querían ser consumidos por el fuego de Su Cólera.

El peregrino rumor del final del mundo ocasionó disturbios por todas partes. Hasta los campesinos abandonaron el cultivo de los campos, creyendo que era inútil trabajarlos, puesto que no recogerían la cosecha... El señor Niels, pastor de Sandvik, temiendo que todo aquello le frustrara el diezmo y otras gabelas, trataba de no desengañar del todo a los labriegos, pero persuadiéndoles de paso de que el fin del mundo se aplazaría hasta el año siguiente... Y tuvo éxito.

Mi amigo y yo, que conocíamos el origen de aquellas falsedades, nos divertimos de lo lindo. Como me negaba a seguir siendo una carga para mi huésped, y tenía que reaparecer si quería buscarme empleo, resolví trasladarme a la capital. Él me acompañó y me hizo aparecer como un estudiante pariente suyo. Me

recomendó al obispo de Bergen, tanto por carta como
de palabra, y el venerable prelado me prometió el primer rectorado que sacara en algún colegio. No me disgustaba aquel empleo, por su semejanza con el estado
a que me vi llevado, ya que un rector de colegio o de
universidad es un pequeño emperador. La férula tiene
tanto de cetro como la cátedra de trono.

Pero pasó algún tiempo sin que sacara ningún rectorado, y como la miseria me acuciaba, resolví aceptar
lo que fuera. Por entonces falleció el mayordomo de la
iglesia de la Santa Cruz; monseñor el obispo se acordó
de mí en el acto y me nombro para este cargo, que me
parecía ridículo. Pero como lo más ridículo y extravagante es la pobreza, y no se debe desairar el agua turbia cuando se sufre sed, acepté el empleo citado y, gracias a Dios, en él pasé dulcemente mi vida filosofando.

Apenas colocado me propusieron casarme con la
hija de un honrado comerciante de Bergen, llamada
Magdalena, que encontré muy de mi gusto. Por suponer que vivía la emperatriz de Quama, temí convertirme en polígamo y hablé al señor Avelino, para
quien no tenía yo secretos, acerca de mis escrúpulos.
Se burló de ellos y me convenció de que debía desposar a la muchacha, lo cual hice. Lo que no hice jamás
es convertirla en confidente de mis aventuras subterráneas, que no pude olvidar del todo... Por eso, de vez

en vez, sufro ciertos extravíos mentales que me alejan momentáneamente del estado en que me encuentro.

Por lo demás, he tenido tres hijos de mi Magdalena: Christian, Jens y Gaspar. Si el principito de Quama vive, me puedo considerar padre de cuatro hijos.

\* \* \*

Como ahí se acaba el manuscrito de Niels Klim, lo que sigue es un añadido del señor Avelino, su amigo.

«Niels Klim vivió hasta 1695, querido y estimado por todos a causa de la integridad y pureza de sus costumbres. Solamente el pastor de Santa Cruz encontró censurable su empaque, producto, en el fondo, del rango que ocupó nuestro autor. Sin embargo, cuando yo reflexionaba acerca de la corona que llevara Klim, y del orgullo que suelen inspirar las grandezas del mundo, lo encontraba muy humilde y modesto acomodándose a un empleo de mayordomo después de haber sido emperador. Los que no estaban al tanto de sus aventuras, no podían juzgarlo así.

En determinadas épocas del año, nuestro Klim solía acudir a la montaña para contemplar la caverna por donde se precipitó, y sus amigos notaban que volvía con el rostro bañado en lágrimas y que permanecía varios días encerrado en su gabinete y sin querer hablar con nadie.

Su mujer aseguraba que le había oído, mientras dormía y soñaba, mandar a las tropas de tierra y de mar.

Tan lejos iban a veces sus distracciones, que un día ordenó al gobernador de la provincia de Bergen que acudiera a hablar con él rápidamente. Su esposa, que veía todas aquellas agitaciones espirituales, creía que procedían de su excesiva aplicación al estudio y temía por su salud. Su biblioteca estaba compuesta por libros de política, y como semejante lectura no estaba de acuerdo con su empleo de mayordomo, se le censuró mucho.

Se escribió a sí mismo el relato de su viaje, y su manuscrito, único en su especie, se encuentra actualmente en mi poder. Hace tiempo que quería publicarlo, pero poderosas razones me lo fueron impidiendo hasta ahora.»